U0107076

Повести Белкина

别尔金小说集

[俄] 普希金 —— 著

力冈 —— 译

作家出版社

普罗斯塔科娃夫人：

我的老爷子呀，他从小就爱听故事。

斯科季宁：

米特罗方就像我。

——《纨绔少年》

《别尔金小说集》是普希金写完的一组短篇作品。写于1830年秋天，即普希金创作丰收的"波尔金诺的秋天"。全称是：《已故的伊凡·彼得罗维奇·别尔金小说集》。写作次序和时间是：《棺材店老板》，9月9日；《驿站长》，9月14日；《小姐扮村姑》，9月20日；《一枪》，10月14日；《暴风雪》，10月20日。后来普希金把次序调整后，于1831年10月以《别尔金小说集》为名出版单行本。但在1834年再版时就署名普希金了。

出版者前记

　　我们在筹备出版现在呈献在公众之前的这本伊·彼·别尔金小说集的时候，就想附一篇已故作者的短篇小传，多少满足我国文学爱好者应有的好奇心。为此我们曾经去找过玛丽亚·亚历山大罗芙娜·特拉菲林娜，她是伊凡·彼得罗维奇·别尔金的近亲和遗产继承人；可是，非常遗憾，她无法向我们提供有关作者的任何材料，因为她根本不认识他。她劝我们向一位可敬的人物求教，他是伊凡·彼得罗维奇的故友。我们遵照她的意见写了一封信，便收到如下一封令人满意的回信。我们不加任何修饰和注释，将这封回信刊出，作为高尚的见解和感人的友情的珍贵纪念，同时也可以作为一种十分可靠的传记材料。

某某先生台鉴：

　　阁下本月十五日大函已于本月二十三日奉悉。贵函中要我详告已故挚友和乡邻伊凡·彼得罗维奇·别尔金之生卒年月、职务、家庭状况以及事业和性情，我十分乐意满足阁下的愿望。现将我与他交谈中以及亲眼观察中所能记忆者奉告阁下。

　　伊凡·彼得罗维奇·别尔金 1798 年生于戈留辛诺村，其父母都是正直、高尚的人。其亡父彼得·伊凡诺维奇·别尔金准少校娶特拉菲林家的彼拉盖雅·加弗里洛芙娜小姐为妻。他不算富有，但生活节俭，在经营家产方面是一个很精明的人。他们的儿子受到的初等教育，受之于一个乡村教会执事。也许多亏这位可敬的先生，他养成阅读和学习俄罗斯文学的兴趣。1815 年他进入步兵轻骑兵团(其番号我记不得了)，直到 1823 年他都在这个团里服役。他的父母几乎同时去世，因此他不得不退伍，回到戈留辛诺村自己的领地上。

伊凡·彼得罗维奇掌管家产以后，因为缺乏经验，心肠又软，很快就放弃管理，放松了他的亡父建立起来的严格的规章制度。他把办事认真、精明能干的村长撤掉，因为他的农民对村长不满意（这是他们的习惯），叫一个年老的女管家掌管村里事，她因为善于讲故事博得他的信任。这个蠢老婆子连二十卢布和五十卢布的钞票都分不清；她是所有农民的干亲家，他们一点也不怕她。他们选出的村长一味地姑息纵容他们，和他们狼狈为奸，迫使伊凡·彼得罗维奇取消劳役制，建立一种非常轻的代役租制。但就是这样，农民还是利用他的软弱，第一年就要求大加优待，以后几年有三分之二的代役租缴的是胡桃、越橘之类的东西，而且有的还欠租不缴。

我作为伊凡·彼得罗维奇亡父的好友，认为有责任对他的儿子提出忠告，并且一再表示愿意帮助恢复原来被他废弃的旧章法。为此，我有一次到他那里去，要来账簿，把混蛋村长叫了来，就当着伊凡·彼得罗维奇的面查起账来。这位少东家开头看着我查账是全神贯注的；但是等到从账上看出近两年农民人数增加，家禽和家畜数却大为减少时，伊凡·彼得罗维奇却觉得查出这一点结果就足够了，再往下就不听我的了；等到我一再追查，严厉质问，使得混蛋村长惊慌失措、张口结舌时，我听见伊凡·彼得罗维奇在椅子上鼾声大作，这使我非常恼火。从此我再也不去过问他的家业经营之事，也和他本人一样，将他的事交给上帝去管了。

不过，这丝毫无损我们的友情；因为我深切同情他的软心肠，原谅他的马虎懒散，马虎懒散是我们贵族青年的通病，倒是从心底喜欢伊凡·彼得罗维奇。实在不能不喜欢如此和善和诚实的年轻人。伊凡·彼得罗维奇也非常敬重我这个长者，衷心信赖我。直到他去世，几乎每天都和我见面，珍视我很普通的言谈，虽然我们不论在习惯上，还是在思想方法和性格上，彼此都有很大的差异。

伊凡·彼得罗雄奇过的是极其节俭的生活，在各方面都很有节制；我从来没有看见他喝醉过（这在我们这地方可以说是闻所未闻的奇迹）；他对女性非常爱慕，可是他真像少女一般羞怯①。

除了大函中提到的几篇小说，伊凡·彼得罗维奇还留下许多手稿，其中一部分在我处，还有一部分被女管家派了种种家庭用场。比如，去年冬天她的厢房所有窗户上糊的纸，就是他未完成的长篇小说第一部的手稿。至于上面提到的几篇小说，大概是他最初的试作。这几篇小说，正如伊凡·彼得罗维奇自己说的，大多是真人真事，是他从各种各样

① 有一段趣事，我们认为是题外话，就没有写出来；不过，可以告诉读者诸君，此事在伊凡·彼得罗维奇·别尔金没有什么不体面之处。——普希金原注

的人嘴里听来的①。不过，其中的人名几乎都是他虚构的，村庄名字则来自我们当地的一些村庄，因此有的地方也提到我的村子。这并不是出于什么恶意，只是由于缺乏想象力。

1828 年秋，伊凡·彼得罗维奇患感冒发烧，转为热病，尽管本县一位相当高明，尤其善于治鸡眼之类痼疾的医生百般努力，他还是不治身亡。他死在我的怀里，终年三十岁，安葬于戈留辛诺村教堂墓地，紧靠着他父母的坟墓。

伊凡·彼得罗维奇中等身材，灰眼睛，淡褐色头发，直鼻梁；一张脸又白又瘦。

尊敬的先生，关于故友和乡邻的生活方式、事业、性格和外貌，我能记起的尽在于此了。但如阁

———————————

① 确实，在别尔金先生的手稿里，每篇小说之前都由作者亲笔写着：我是从某人（职衔或称号以及姓名的第一个字母）处听来的。现为好奇的读者摘抄如下：《驿站长》的故事是听九等文官 А.Г.Н. 说的；《一枪》的故事是听 И.Л.П. 中校说的；《棺材店老板》是 Б.В. 说的；《暴风雪》和《小姐》是 К.И.Т. 姑娘说的。——普希金原注

下认为敝人信中所述有可用之处，恳请万勿提及敝人名字；因为，虽然我非常尊敬和爱戴写作者，但我认为博取作家称号是不必要的，在我这样的年纪也是不相宜的。谨致衷心的敬意。

1830 年 11 月 16 日

于涅纳拉多沃村

我们理应尊重作者可敬的朋友的意愿，对他为我们提供这些材料表示深切的谢意，并且希望读者诸君珍视其中的真诚和善意。

亚·普

目录

一枪

我们开枪决斗。

——巴拉丁斯基[1]

我发誓在决斗中把他打死

（他开了枪，我还可以开枪）。

——《野营之夜》[2]

---

[1] 巴拉丁斯基（1800—1844），俄国诗人。
[2] 《野营之夜》，俄国作家别斯土舍夫·马尔林斯基（1797—1837）的小说。

一

我们驻扎在某某小镇上。谁都知道军官生活是怎样的。早上出操，练骑术；吃午饭在团长家里或犹太饭馆里；晚上就喝潘趣酒，打牌。这个镇上既没有经常宴客之家，又没有一个未婚姑娘；我们总是轮流在各人的寓所聚会，在寓所里，除了穿军服的，什么也看不见。

常跟我们在一伙儿的只有一个不是军人。他有三十五六岁，因此我们把他看作老头儿。他是见过世面的，因此在很多方面胜过我们。此外，他常常郁郁寡欢，脾气暴躁，说话刻薄，对我们年轻人的思想也有很大的影响。他的遭际充满神秘意味。他像俄国人，名字却是外国名字。以前他当过骠骑兵，很得赏识；谁也不知道为什么他要退伍，住到这个可怜的小镇上来，在这儿他日子过得又贫困，花起钱来又大手大脚。他出门总是步行，穿的是黑色旧礼服，可是经常宴请我们团的军官。虽然他请客只有两三道菜，而且是一个退伍士兵做的，可是香槟酒却像河水一样流淌。谁也不知道他有多少财产，有多少收入，谁也不敢问他这些事，他有不少书，大多数是军事书，再就是小说。他很乐意把书给人家看，从来不讨还。可是他借别人的书也从来不归还。他主要的日常活动是练习手枪射击。他的房间的四壁被打得千疮百孔，像蜂窝一样。他收藏的许多手枪，是他所住的陋室里仅有的装饰品。他的枪法之娴熟是令人难以置信的，如果他提出把梨子放在谁的帽子上，开枪把梨子打掉，我们团里谁都会毫不犹豫地把头伸过去。我们常常谈到决斗的事，西尔维奥（我就这样直呼其名）从来不插嘴谈这事儿。问他是不是决斗过，他只冷冷地回答说决斗过，却不肯细说，显然，问他这类事儿，他很不快活。我们认为，准是有人成为他那很厉害的枪法的不幸的牺牲品，他在良心上一直很难受。我们却从来没有怀疑他会有什么胆怯之类的事。有一种人，单看其外貌就不会产生这类的怀疑。有一件意外事使我们大家都惊讶不解。

有一天，我们十来个军官在西尔维奥那里吃饭。喝酒像往常一样，也就是喝了很多。饭后我们劝主人做庄家和我们打牌。他推辞了很久，因为他几乎从来不打牌；后来他终于叫人把牌拿来，把五十个金币扔在桌上，就坐下来发牌。我们围着他坐下来，就赌起来。西尔维奥有个习惯，赌起钱来绝对不说话，从来不争论，也不解释。要是下赌注的人算错了账，他就马上把少算的钱付清，或者把多余的钱记下。我们都知道他的脾性，所以由着他怎么办。可是我们当中有一位军官，是不久前才调来的，他也在这儿赌钱，因为心不在焉，不该折角却折了角①。西尔维奥拿起粉笔，按照自己的习惯，也把数目加上。那位军官以为他弄错了，就向他解释起来。西尔维奥一声不响地继续发牌。那军官失去耐性，拿起刷子，把他认为不必记的数字擦掉。西尔维奥拿起粉笔，重新记上。那军官因为喝了酒，输了钱，又受到同伴们讥笑，来了火气，觉得自己受到极大的侮辱，盛怒之下抓起桌上的铜烛台，向西尔维奥掷去，幸亏西尔维奥躲开了这一击。我们都慌了。西尔维奥气得脸色煞白，站起身来，两眼闪闪有

---

① 折角表示赌注加倍。

光地说："先生，请您出去，您得感谢上帝，幸亏这事儿发生在我家里。"

我们认定此事必有后果，料定这个新伙伴必死无疑。这位军官说过，不论坐庄的先生想怎样，他都乐意奉陪，便走了出去。又继续赌了几分钟；可是我们觉得主人已无心赌下去，就一个个放下牌，各自回住处，一路上谈论很快就要出现的空缺。

第二天，我们在练马场上已经在问，那个倒霉的中尉是否还活着，他却来了；我们就问他，这事儿怎么样了。他回答说，还没有得到西尔维奥的任何消息。这使我们感到奇怪。我们去看西尔维奥，见他正在院子里打枪，一枪又一枪打在贴在大门上的一张爱司牌上。他和往常一样招待我们，只字不提昨天的事。三天过去了，中尉依然活着。我们一再惊奇地问：难道西尔维奥不决斗了？西尔维奥没有决斗。他听了轻描淡写的解释就满意了，跟中尉言归于好了。

此事严重损害他在青年人当中的威望。缺乏勇气是青年人最不能原谅的，因为青年人往往把勇敢看作人类最高的品德，只要勇敢，任何缺点都可以原谅。不过，后来大家对这事渐渐淡忘了。西尔维奥重新获得了先前的威望。

只有我无法再跟他亲近了。我生来就有一种浪漫主义思想，在这之前我最仰慕的就是这个人，我觉得他的一生是个谜，他就是一部神秘小说中的主人公。他也很喜欢我；至少他对我另眼看待，对我不说他平时爱说的那些尖酸刻薄话，跟我无话不谈，态度诚恳，而且格外愉快。可是在那个不祥的夜晚以后，我就认为他已经名声扫地，自己败坏了名声，无法挽回了；我总是摆脱不掉这种想法，所以很难像以前那样对待他了；看着他，我都觉得害臊。西尔维奥是个非常精明和老练的人，不可能看不出这一点，也不可能猜不出其中原因。他似乎因此很伤心；至少有两次我发现他想向我解释解释；但是我避开了，他也就不再找我了。从那以后，我只有在和同事们一块儿的时候才跟他见面，再也没有像以前那样推心置腹地交谈了。

乡村或小城镇的人有一些见惯了的情形，漫不经心的京城人是不会知道的。比如邮日里等待邮件的情形：每个星期二和星期五，我们团的办公室里就挤满了军官，有的等钱，有的等信，有的等报纸。邮件一般都是当场拆开，消息互相交流，办公室里呈现出一派活泼热闹的气氛。西尔维奥的来信都是寄到我们团里，来信时一般他都在场。有一次，他接到一封信，就迫不及待地把信拆开。他匆匆地看着信，眼睛就放起光来。军官们都忙着看自己的信，一点都没有注意到。"诸位，"西尔维奥对大家说，"由于某种情况，我必须尽快离开这里；今天夜里我就动身；希望诸位赏光，到我家最后吃一顿饭。我也恭候您来，"他转身对着我，又说，"一定要来。"他说过这话，就匆匆走了出去。我们商量好到西尔维奥那里聚一聚，就各自回住处了。

我在约定的时间来到西尔维奥家里，看到全团的军官几乎都在他这里了。他所有的东西都已经收拾好，只剩下光秃秃、弹痕累累的四壁。我们纷纷就座；主人心情特别好，他的快活心情很快就感染了大家；不时响起瓶塞啪啪声，酒杯冒着泡沫，一个劲儿咝咝响着，我们衷心地祝愿他一路平安，万事如意。大家离开饭桌的时候已经是黄昏将尽了。大家各自去拿帽子，西尔维奥便和大家道别，就在我也准备走的时候，他拉住我的手，把我留下，"我要和您谈谈。"他小声说。我就留下了。

客人都走了，只剩下我们两个人；我们面对面坐下来，一声不响地抽起烟斗。西尔维奥心事重重；他那种快活得要发狂的劲儿连影子也没有了。他那苍白的脸阴沉沉的，两眼闪闪放光，口里吐着一阵阵浓烟，那样子活像一个恶魔。过了几分钟，西尔维奥打破沉默。

"也许咱们今后再也不能见面了，"他对我说，"在分手之前我想跟您推心置腹地谈谈。你可能看出来，我很少看重别人对我的看法；但我很喜欢您，所以就觉得：要是您心中保留着不应该有的看法，那我是很难过的。"

他停下话头，往抽完的烟斗里装起烟丝；我垂下眼睛，没有说话。

"您一定觉得奇怪，我没有向那个蛮不讲理的醉鬼提出决斗，"他又说下去，"您一定认为，我应该拿起武器，他的生命在我手里，我几乎没有什么生命危险。我也尽可以把我的克制说成是宽宏大量，可是我不想说谎。假如我能惩罚他，而自己不冒任何生命危险的话，那我怎么也不会放过他的。"

我惊愕地望着西尔维奥。听到他这番坦率的自白，我简直呆住了。西尔维奥又说下去：

"就是这样啊：我没有权利让自己冒死的危险。六年前我挨过一记耳光，我的仇人还活着呢。"

这话激起我强烈的好奇心。

"您没有跟他决斗吗？"我问道，"准是有什么情况使你们分开了？"

"我跟他决斗过，"西尔维奥回答说，"这就是我们那次决斗的纪念。"

西尔维奥站起来，从一个大纸盒里拿出一顶镶金边、带金流苏的红帽（就是法国人所谓的警察帽）；他把帽子戴到头上，那帽子在离额头一俄寸处被打了一个洞。

"您知道，"西尔维奥又说下去，"我在骠骑兵团服过役。我的脾性您是知道的：我逞强惯了，从小就喜欢这样。在我们那时候，打架闹事是一种时髦风气：我在军队里是头号捣蛋鬼。我们吹嘘自己的酒量，我的酒量胜过了杰尼斯·达维多夫①歌颂过的赫赫有名的布尔佐夫。决斗在我们团里是家常便饭，每次决斗都有我，不是当证人，就是当事人。同伴们都崇拜我，时常调换的团长们却把我看作除不掉的祸害。

"我正安静地（或者可以说，很不安静地）享受着盛名之下的快乐，这时有一个出身名门而又有钱的青年（我不想说出他的名字）调到我们团里。我生来没有遇见过这样光彩夺目的幸运儿！要知道，他又年轻，又聪明、漂亮，快活得发疯，大胆得毫无顾忌，名声那样响亮，钱不计其数，永远花不完，您想想吧，他会在我们当中产生什么样的影响！我的首座地位动摇了。他受到我的名声吸引，本想跟我交朋友；可是我对他非常冷淡，他也就毫不惋惜地跟我疏远了。我恨透了他。他在团里和女人当中获得的成功使我完全陷入绝望。我便找机会跟他争吵。我说俏皮话，他也用俏皮话回

---

① 杰尼斯·达维多夫（1784—1839），俄国诗人。

敬，他的俏皮话往往更使我感到意外，比我更俏皮，当然也就好笑得多，因为他是在开玩笑，我却是在发泄仇恨。后来有一次，在一位波兰地主家的舞会上，我看见他得到所有太太小姐们的青睐，尤其是那女主人，原来跟我有过私情的，我便对着他的耳朵说了一句直截了当的粗话。他勃然大怒，打了我一记耳光。我们都跑过去拿马刀，太太小姐们都吓昏了。很多人把我们拉开，于是当天夜里我们就出去决斗。

　　"那是在拂晓的时候。我和我的三个证人站在约定的地方。我急不可耐地等待着我的对手。春日的朝阳升上来，气温也渐渐回升。我老远看到了他。他身穿军服，腰挂马刀，在一个证人陪伴下徒步走来。我们迎着他走去。他手拿军帽来到跟前，军帽里装满樱桃。证人们给我们量出十二步距离。应该是我先开枪，可是我由于愤怒，激动得厉害，没有把握打得准，为了有时间让自己冷静一下，我让他先开枪。我的对手不同意。我们就拈阄。他这个永远的幸运儿这次也走运，拈到第一号。他瞄好了，开枪打穿了我的军帽。轮到我开枪了。他的生命终于在我手里了。我凝神注视着他，很想在他脸上找到哪怕是一点点慌张的表情……他站在我的枪口下，从帽子里挑选着一个个熟透的樱桃，不停地吐着核儿，一个个核儿直飞到我的脚下。我见他毫不在乎，真是气疯了。我心想，他根本不把生死看成一回事儿，我打死他又有什么意思呢？我脑子里闪过一个狠毒的念头。我把手枪放下。"看样子，您现在还没有工夫死，"我对他说，"您快去吃早饭吧；我不想打扰您。""您一点也没有打扰我，"他不以为然地说，"快请开枪吧；不过，悉听尊便：您这一枪可以留着；我随时愿意奉陪。"我便对证人们声明，今天我不想开枪了，决斗就这样结束。

"我退了伍，就来到这个小镇上。从那个时候起，我没有一天不想着报仇。现在时候到了……"

西尔维奥从口袋里掏出早晨收到的那封信，递给我看。一个人（看样子是他委托的人）从莫斯科给他来信说，那个人不久就要和一个年轻貌美的姑娘结婚了。

"您可以猜到，那个人是谁，"西尔维奥说，"我这就去莫斯科。咱们就看看，他在要结婚的时候对生死是不是还那样不在乎，像以前那样吃着樱桃等待死亡？"

西尔维奥在说这话的时候站起身来，把自己的军帽往地上一扔，就在房间里前前后后踱了起来，就像一只笼中的老虎。我一动不动地听他说着；我非常激动，心中涌起种种奇怪的、互相矛盾的感情。

一名仆人走进来报告说，马车已套好。西尔维奥紧紧握住我的手，我们相互吻别。他上了马车，车上装了两只皮箱，一只装的是手枪，另一只装的是他的日用物品。我们又一次道别，马车飞驰而去。

二

过了几年，家境败落，我不得不迁到某县一个贫穷的村子。我在操持家业的同时，常常暗暗思念我以前那种热热闹闹、无忧无虑的日子。我最难以习惯的是冷冷清清消磨秋日和冬日的黄昏。午饭以前，我和村长聊聊，出去看看干活儿的，到新的作坊去走走，还可以马马虎虎把时间打发过去；

可是等到天渐渐黑下来，我就一点也不知道该往哪儿去了。我从橱子底下和储藏室里找出来的有限的几本书，早已读得滚瓜烂熟。凡是女管家基里洛芙娜能记得的故事，我也不知听过多少遍了。听娘儿们唱歌，只能引我惆怅。我想喝喝不怎么甜的甜酒，可是喝了就头痛。而且说实话，我也怕自己会因为无聊得要命成为酒鬼，也就是成为要命的酒鬼，这种事儿我在我们县里见得多了。我没有什么亲近的乡邻，附近只有两三个要命的酒鬼，他们谈起话来不是打嗝儿就是唉声叹气。我一个人冷冷清清待在家里，比跟他们在一起还要好受些。

在离我家四俄里的地方，有一处很富庶的庄园，是一位伯爵夫人的；但庄园里只是住着一个管家。伯爵夫人只是到自己的庄园来过一次，是在出嫁的第一年，而且只住了不到一个月。不过在我来过冷清日子的第二年春天，就传来消息说，伯爵夫人要和她丈夫到乡下来消夏。果然，他们六月初就来了。

对于乡下人来说，一个有钱的乡邻的到来是一件划时代的大事。地主们和仆人们在来前两个月就纷纷议论，走后还要议论三年。至于我，我得承认，听说要来一位年轻貌美的乡邻自然非常兴奋；我急不可待地要见见她，因此在她来后的第一个礼拜天午饭后，便去某村，以最近的乡邻的身份和最恭顺的仆人的态度拜访他们。

仆人把我带进伯爵的书房，就进去通报。宽敞的书房布置得极其豪华。靠墙是一排书橱，每个书橱上都有一座青铜胸像；大理石壁炉上方有一面很大的镜子；地板上蒙了绿呢子，并且铺了地毯。我住惯了寒碜的小屋，对豪华的陈设已不习惯，并且已经很久没见过别人的富有，因此有点儿胆怯，而且有些惴惴不安地恭候着伯爵，就像外省的求见人等候大臣接见。门开了，走进来一个男子，三十二三岁，非常英俊。这位伯爵大大方方、和蔼可亲地走到我跟前；我竭力鼓起勇气，正要作自我介绍，他却抢先了。我们坐下来。他言谈随便而亲切，很快就使我不再感到拘谨。我已经渐渐恢复常态，突然伯爵夫人走了进来，这使我比先前更局促不安了。她果然是国色天香。伯爵把我介绍了一下；我很想显得大方些，但越是想摆出潇洒不拘的样子，越是觉得不自然。他们为了让我有时间恢复常态和习惯于新交，就自己交谈起来，把我看作亲密的乡邻，不拘礼节。这时我便在书房里前前后后走动起来，浏览起书籍和绘画。我在绘画方面不是行家，但有一幅画引起我的注意。这幅画画的是瑞士风景；但使我惊异的不是其画技，而是这画被两颗子弹打穿，一颗打在另一颗上。

"真是好枪法。"我对伯爵说。

"是的，"他回答说，"枪法是好极了。您的枪法也很好吧？"他接着问道。

"也不错，"终于接触到我熟悉的话题，我高兴起来，就回答说，"三十步内打纸牌不会失手，当然，要用熟悉的手枪。"

"真的吗？"伯爵夫人带着非常注意的神气说，"你呢，伙计，你能在三十步内打中纸牌吗？"

"咱们什么时候试试看吧，"伯爵回答说，"当年我的枪法也不错；可是我已经有四年没有摸过手枪了。"

"噢，"我说，"要是这样的话，我可以打赌，阁下在二十步以内也打不中纸牌：打枪就要天天练习，这我是有切身体会的。在我们团里我算是一名高手了。有一次，我整整一个月没有摸过手枪，因为我的枪拿去修理了。您猜怎么样，先生？后来我第一次拿起枪射击，在二十五步距离打一个瓶子，一连四次都没有打中。我们有一位骑兵大尉，爱说俏皮话，喜欢说笑；他当时在场，就对我说：老弟，看样子，你不忍心打瓶子。是的，阁下，不能忽视这种训练。要不然很快就荒疏了。我遇到过一位高手，每天午饭前他至少要打三枪。这在他已经成了习惯，就像饭前一杯酒一样。伯爵和夫人见我说得来了劲儿，也高兴起来。

"他的枪法究竟怎样？"伯爵问道。

"阁下，您听我说：比如，有时候，他看见墙上落了一只苍蝇，您觉得好笑吗，夫人？……真的，千真万确……他一看见苍蝇，就喊：'库兹卡，把手枪拿来！'库兹卡就把装好子弹的手枪拿给他。他砰的一枪，就把苍蝇打进墙里去！"

"这太了不起了！"伯爵说，"他叫什么名字？"

"阁下，他叫西尔维奥。"

"西尔维奥！"伯爵腾地跳起来，叫道，"您认识西尔维奥？"

"阁下，我怎么不认识。我们是朋友呢。我们团里都把他当作自己哥们儿。可是我已经有五年没有听到他的消息了。这么看，阁下，大概您也认识他了？"

"认识，很熟悉。他有没有对您说过……恐怕不会；我想，不会的；他没有对您说过一件很离奇的事吧？"

"阁下，是不是他在舞会上被一个花花公子打耳光的事？""他对您说过那个花花公子的名字吗？"

"没有，阁下，他没有说过……哎呀，阁下！"我猜到是怎么一回事儿，就又说，"请原谅……我一点也不知道……难道就是您吗？"

"就是我，"伯爵带着很难过的神气说，"这一幅被打穿的画就是我们最后一次见面的纪念……"

"哎呀，亲爱的，"伯爵夫人说，"行行好，不要说吧；我怕听这些。"

"不，"伯爵不以为然地说，"我要原原本本地说说；他知道我得罪了他的朋友，也应该让他知道西尔维奥怎样向我报了仇。"

伯爵把椅子向我挪近了一些，于是我怀着极大的好奇心听了下面的故事。

"五年前我结的婚。第一个月，也就是蜜月，就是在这儿，在这个村子里度过的。在这座房子里我度过一生最美好的时刻，也有过一件最不堪回首的往事。

"有一天黄昏的时候，我们俩一起骑马出去兜风；我妻子的马不知为什么发起性子，她怕了，就把缰绳交给我，自己徒步回家；我就骑马先走了。回到院子里，我看见有一辆旅行马车；仆人告诉我，有一个人坐在我的书房里，他不肯说出自己的名字，只是说找我有事情。我走进这个房间，在黑暗中看到有一个人风尘仆仆，满脸胡子；他就站在这壁炉旁边。我走到他跟前，竭力回想此人的面貌。'你不认识我了吗，伯爵？'他用打颤的声音说。'西尔维奥！'我叫起来，说实话，当时我觉得浑身的汗毛一下子都竖起来了。'正是我，'他接着说，'轮到我开枪了；我就是来开这一枪的；你准备好了吗？'他侧面口袋里露出一支手枪。我量了十二步，便站到那边角落里，要求他趁我妻子还没有回来，快点儿开枪。他迟迟不肯开枪，要把蜡烛点起来。我叫人把蜡烛点着了。我把门关上，吩咐不准任何人进来，就又请他开枪。他掏出手枪。瞄好了……我数着时间……我想着她……可怕的一分钟过去了！西尔维奥把手放下来。'可惜，'他说，'我的手枪里装的不是樱桃核儿……子弹很沉。我总觉得，咱们不是在决斗，而是在杀人；我不习惯开枪打不拿武器的人。咱们重新来吧；还是拈阄，看谁该先开枪。'我的头在发晕……好像我老半天没有同意……最后我们还是又装了一支手枪；卷了两个纸卷儿；他把纸卷儿放进当年被我打穿的那顶军帽；我又拈到第一号。'伯爵，你真是走运极了。'他冷笑说，那一笑我是永远忘不了的。我不明白我当时是怎么一回事儿，他怎么会迫使我那样做的……反正我开了枪，就打在这幅画上。（伯爵用手指着那幅被打穿的画，他的脸红得像一团火；伯爵夫人的脸比手帕还要白；我不禁啊呀了一声。）"

"我开了枪，"伯爵又说下去，"谢天谢地，这一枪打空了；于是西尔维奥……说实话，那时他非常可怕……他对我瞄准了。突然门开了，玛莎跑进来，尖叫着扑过来搂住我的脖子。她一来，我一下子又打起精神。'亲爱的，'我对她说，'难道你没看出来，我们是闹着玩儿的？你怎么吓成这个样子！快去喝杯水，再到我们这儿来；我给你介绍介绍这位老朋友和同事。'玛莎还是不相信。'请问，我丈夫说的是实话吗？'她转身对可怕的西尔维奥说，'你们真是闹着玩儿吗？''夫人，他总是爱闹着玩儿。'西尔维奥回答她说，'有一回他闹着玩儿，打了我一记耳光，还闹着玩儿，把我的军帽打了个窟窿，现在又闹着玩儿，对我开了一枪，没有打中；现在该我来闹着玩儿了……'他说着，就想对准我……就当着她的面！玛莎扑倒在他的脚下。'起来，玛莎，这太丢脸！'我发疯似的叫起来，'先生，您不要再嘲弄一个可怜的女人了吧！您究竟开枪不开枪？''我不开枪了。'西尔维奥回答说，'我已经满意了，因为我看到了你惊慌，看到你胆怯了；我迫使你向我开了枪，这在我就够了。你会记住我的。

我把你交给你的良心吧。'于是他就往外走，可是在门口又站了下来，回头看了看被我打穿的这幅画，几乎没瞄准就朝这画开了一枪，便走了。我妻子昏倒在地上。仆人们不敢拦他，都带着恐怖的神色望着他。不等我回过神来，他已经走到台阶上，叫车夫把车赶过来，就坐上车走了。"

伯爵不说话了。就这样我知道了故事的结局，其开端曾经使我非常震动的。后来我再也没有遇到这故事的主人公。据说，在亚历山大·伊普西兰蒂①起义的时候，西尔维奥率领过一支民族独立运动部队，在斯库列尼战役中牺牲了。

① 亚历山大·伊普西兰蒂（1792—1828），希腊民族独立运动领袖。

暴风雪

马儿蹚着深深的积雪，

在起伏的丘冈上奔跑……

猛抬头，只见那边厢

孤零零一座神庙。

……

蓦地里狂风骤起；

转眼间大雪纷飞；

乌鸦盘旋在雪橇上方，

翅膀划出嗖嗖声响；

不祥的叫声令人悲伤！

马儿抖动纷乱的鬃毛，

撩起四蹄奔走慌忙，

前途茫茫难辨方向……

——茹科夫斯基[1]

1811年年底，在那值得我们纪念的时代[2]，善良的加夫里拉·加夫里洛维奇住在自己的涅纳拉得庄上。他殷勤好客，附近都闻名。附近的人时常到他家来大喝大嚼，陪他的太太玩玩小牌，也有人是为了要看他的女儿玛丽亚·加夫里洛芙娜，一个亭亭玉立、面色白净的十七岁少女。她算得上是一个富有的待嫁姑娘；所以很多人想娶她，或者想把她说给自己的儿子。

玛丽亚·加夫里洛芙娜受法国小说影响很深，所以容易怀春。她所选中的对象是一个在乡下度假期的贫寒的陆军准尉。不用说，这位青年人也同样地钟情；姑娘的父母发觉了

---

[1] 茹科夫斯基（1783—1852），俄国诗人。
[2] 1812年俄国开始了卫国战争。这里指的就是这一时代。后文中不少情节都是涉及这次战争的。

两人卿卿我我的情形，再不许姑娘同他接近，而且从此对他冷眼相待，他在他们面前，连个卸任的陪审官都不如了。

我们这对恋人便靠书信互通情意，并且每天都在松林里或者在古老的教堂旁边幽会。他们在那里海誓山盟，悲叹命运的不幸，并且做过种种打算。他们这样通信，幽会，日复一日，便自然而然地生出这样的念头：既然我们彼此离开了就活不下去，而狠心的父母又不让我们如愿以偿，我们就不能背着他们行事吗？这个绝妙的主意当然先是由男方想出来的，但也正中这位喜欢浪漫遐想的小姐下怀。

冬天来了，他们不再幽会，但是书信来往却更勤了。弗拉基米尔·尼古拉耶维奇在每封信中都要求她嫁给他，同他秘密结婚，躲开一段时期，然后投到双亲的脚下，双亲看到这对恋人如此坚贞不渝，又如此不幸，铁石心肠也要感动，一定会对他们说："孩子们，回到我们怀抱里来吧！"

玛丽亚·加夫里洛芙娜踌躇了很久，多少个私奔的计划定好又推翻。最后她终于同意：到约定的那一天，她不吃晚饭，装作头痛，躲到自己的闺房里去。她的侍女也参与了这项密谋：她们两人必须走后门到花园里去，到时候会有雪橇在花园外面接她们，坐上雪橇，出涅纳拉得庄，行五俄里，便到扎得林村，径奔教堂，弗拉基米尔就在教堂里等她们。

在出奔的前一天夜里，玛丽亚·加夫里洛芙娜一夜没睡。她收拾行装，包捆衣裳，写了一封长信给自己的闺密——一位多情的小姐；又写了一封给自己的双亲。她向父母告别的信写得情恳意切，说自己走这一步实出于无奈，怪只怪自己做了感情的俘虏，信的末尾说，她认为此生最幸福的时刻是有朝一日能够允许她跪倒在至亲至爱的双亲脚下。两封信她都盖上了刻着两颗燃烧的心和典雅的签名的图拉①印章。天快亮的时候，她才倒在床上，迷迷糊糊睡去，但她不时地为噩梦所惊醒。一会儿她梦见自己刚刚坐上雪橇前去结婚，父亲赶来阻止她，抓住她在雪地里风驰电掣地拖了一阵，又将她扔进一个黑咕隆咚的无底洞……她提心吊胆地飞快向下坠去；一会儿她又梦见弗拉基米尔躺在草地上，脸色惨白，浑

---

① 图拉，俄国城市，以铸造印章出名。

身是血，他已奄奄一息，声音凄厉地在哀求她赶快同他结婚……还有其他许多荒诞的、毫无来由的幻象在她的脑海里一个一个地闪过。她终于起了床，脸色比平时更苍白，而且真的头痛起来。父亲和母亲看出她不对劲儿，又担心，又体贴，不停地问："你怎么啦，玛丽亚？你病了吗，玛丽亚？"这一切都叫她心如刀割。她想要父母放心，想装出高高兴兴的样子，但是装也装不出来。黄昏来临。她想到这是在自己家里度过的最后一天了，不禁心酸起来。她没精打采，心中暗自向所有的人和身边的一切物件道别。晚餐摆上来，她的心剧烈地跳动起来。她声音颤抖地说，晚饭她不想吃了，便起身要回闺房。父母吻她，而且一如往常地祝她晚安，这时候她差点儿哭出来。她回到房里，朝安乐椅上一倒，潸然泪下。侍女劝她镇定些，打起精神。一切都准备停当。再过半小时玛丽亚就要永远离开家门，离开自己的闺房，永远同幽静的闺阁生活告别了……外面刮起了暴风雪，风在怒吼，百叶窗摇摇晃晃，劈劈啪啪直响。她觉得这一切都十分可怕，是不祥之兆。不久，一切都安静下来，家里人都睡了。玛丽亚裹起披肩，穿好暖和的外衣，提起自己的首饰匣，来到后门台阶上。侍女提了两个包袱跟在她后面。她们走下台阶，来到花园里。暴风雪还在一个劲儿地吼叫着，狂风迎面吹来，仿佛极力在劝阻姑娘不要做此不轨之事。她们顶风冒雪穿过了花园，一辆雪橇已在路边等候。马匹冻得不停地弹动着四蹄，弗拉基米尔的车夫在雪橇前面走动着，不让马随意乱动。他扶小姐和侍女上了雪橇，放好包袱和首饰匣，提起缰绳，马就飞奔起来。我们且把小姐寄托给命运去照顾，寄托于车夫捷列什卡驾车的本领，回头来看看我们那位多情郎。

弗拉基米尔这一整天都在奔走忙碌。早上他去找了扎得林村的神父，好容易同他谈妥，然后到邻近的地主当中去找证婚人。他找的第一个人是四十岁的退役骑兵少尉德拉文，德拉文欣然同意了。他并且说，这种冒险事过去实在不稀罕，他们当骠骑兵的，常有人干这种事寻开心。他留弗拉基米尔吃午饭，并且劝他说，另外两个证婚人不必再到外面去找了。果然，刚吃过午饭，就来了两个人；一个是留着大胡子、穿着马刺的土地丈量员什米得，另一个是县警察局长的儿子，一个刚加入枪骑兵的十六七岁少年。他们不但答应了弗拉基米尔的请求，而且还向他发誓：愿为他赴汤蹈火，万死不辞。弗拉基米尔欣喜若狂地拥抱了他们，这才回家准备行动。

天色早已黑了下来。弗拉基米尔找来老实可靠的捷列什卡，向他做了详尽而周密的交代，让他驾着自己的三马雪橇到涅纳拉得村去了；自己又让人备好一辆一匹马拉的小雪橇，不用车夫，一个人驾着径奔扎得林村，一两个小时之后玛丽亚也要到扎得林村来的。这条路他是熟悉的，而且总共不过二十分钟的路程。

但是弗拉基米尔刚刚出了村子，来到田野上，就刮起了大风，接着起了暴风雪，他就什么也看不见了。刹那间道路就被雪埋住，周围的一切消失在黑暗、昏黄的一片混沌世界中。在这混沌之中，飞舞着一簇簇白色的雪团，天和地已经融成一体。弗拉基米尔闯到了野地里，拼命地挣扎，再也回不到大路上。马在到处瞎闯，一会儿撞到雪堆上，一会儿陷进深坑里；雪橇有时来个底朝天。弗拉基米尔只希望不要迷失方向。但是他觉得好像大半个小时过去了，还没走到扎得林村前的树林子。又走了十来分钟，还是看不到树林。弗拉基米尔又闯到了沟壑纵横的一个去处。暴风雪不见休歇，空中还是模糊一团，马已经走累了，弗拉基米尔也已汗流如注，尽管他常常陷进齐腰深的雪里。

弗拉基米尔终于发现走的方向不对头。他停下来，思索、回想、考虑，最后断定应当取道向右。他就驱马向右。马儿疲乏无力地朝前走着。他在路上已经走了一个多小时。扎得林村应该不远了。但是，他走啊，走啊，田野简直没有个尽头。前面是过不完的雪堆和深坑，雪橇时常翻身，他得不时地将雪橇抬起。时间一分一分地过去，弗拉基米尔开始真的着急了。

终于看到一边出现了黑糊糊的一片。弗拉基米尔驱马朝那边走去。走近一看，原来是一座树林。他心想，谢天谢地，现在可是快要到了。他贴着林边走去，指望一下子就能走上熟悉的大路或者绕过树林，树林后面就是扎得林村了。

他很快就摸到大路，走进了黑暗的树林。好在冬天的树林不是那么密匝匝的了，风到了树林里面也不那么任意跋扈了。道路是平坦的，马有了劲头儿，弗拉基米尔也不着急了。

但是，走啊，走啊，还是看不到扎得林村，树林没有个尽头。弗拉基米尔惊惶地发现，原来他走进的是一座陌生的树林。他完全绝望了。他拼命鞭打马匹；可怜的牲口本是要快跑的，但很快地就跑跑歇歇，过了十几分钟就完全换成了慢步，懊丧的弗拉基米尔再鞭打也没有用了。

树林渐渐地越来越稀，弗拉基米尔终于走出了树林，还是见不到扎得林村的影子。估计已是半夜。他眼里淌出了泪水。他赶着马往前瞎闯。风雪已停息，乌云散去，面前展开一片平原，平原上铺了一层波浪似的白毯。夜色十分明朗。他看到不远处有一个四五户人家的小村子。弗拉基米尔便驱马向村子走去。来到村边一户人家房前，他跳下雪橇，跑到窗前敲了起来。过了几分钟，窗板掀了起来，有一个老头子探出自己的白胡子。"什么事？""扎得林村离这里远不远？""你是问扎得林村远不远？""是的，是的，远不远？""不远，只有十几俄里。"弗拉基米尔听到这一回答，抓住自己的头发，一动也不动，像是被判了死刑。

"你从哪里来的？"老头儿接着问道。弗拉基米尔没有心思回答他的问话，只是说："老人家，你能不能弄两匹马，将我送到扎得林村？"老头儿回答说："我到哪里弄马去？""那你能不能找个人给我带带路？我可以出钱，要多少给多少。""那你等一下，我叫我儿子去，他可以送你。"老头子一面说，一面放下窗板。弗拉基米尔就等了起来。不到一分钟，他又敲起窗子。窗板掀了起来，白胡子又出现了。"干什么？""你儿子怎样啦？""马上就出来，正在穿鞋呢。你是不是冻坏了？进屋来烤把火吧！""谢谢，快点叫你儿子出来吧。"

大门吱呀一响，走出来一个青年汉子。他手执木棒走在前面，一会儿指路，一会儿在雪堆丛中找路。弗拉基米尔问他："什么时候啦？"青年汉子说："快天亮了。"弗拉基米尔就一句话也不讲了。

当他们到达扎得林村的时候，雄鸡在齐声高唱，天大亮了。教堂的门紧闭着。弗拉基米尔将带路的汉子打发走了，便进院子去找神父。院子里看不到他的三马雪橇。等待着他的是什么消息呀！

不过我们还是再回过头来看看涅纳拉得庄上那善良的一家，不知这一家情形怎样了。

这一家倒是平安无事。

两位老人家起了身，来到客厅里。加夫里拉·加夫里洛维奇戴着小圆帽，穿着厚绒布小袄；夫人普拉斯柯维娅·彼得洛芙娜穿着棉寝衣。端来茶饮之后，加夫里拉·加夫里洛维奇就派一个侍女到玛丽亚房里去，看看小姐身体怎样，夜里睡眠如何。侍女回来禀报说，小姐昨夜睡得不好，不过这会儿还好，马上就要到客厅里来了。果然，门开了，玛丽亚·加夫里洛芙娜走上前来向爸爸和妈妈请安。

"头痛好些吗，玛丽亚？"加夫里拉·加夫里洛维奇问。"好些了，爸爸。"玛丽亚回答。"玛丽亚，你昨天大概煤气中毒了吧？"夫人问。"也许是的，妈妈。"玛丽亚回答。

白天过得平平安安，但是到夜里玛丽亚就病了。派人到城里去请医生。第二天傍晚医生来时，病人正在说胡话。她害的是严重的热病，可怜的病人在死亡线上一直挣扎了两个星期。

家里人都不知道有过一次未遂的私奔，她在出奔前夜写的两封信已经烧毁；那位侍女怕老爷和夫人生气，一点口风也没有漏。神父、退役的骑兵少尉、大胡子丈量员和小枪骑兵都很谨慎，自然是不会讲的。车夫捷列什卡从来就不多嘴多舌，即使喝醉了也是如此。就这样，这项秘密便被六七个同谋者保守住了。但是玛丽亚小姐却在不停的胡言乱语中一股劲儿地泄露自己的秘密。不过她的话说得没头没脑，就连寸步不离床前的妈妈，也只能理解为这样的意思：女儿非常痴心地爱上了弗拉基米尔·尼古拉耶维奇，大概恋爱就是她致病的原因。她同丈夫及几位邻居一再商量，最后大家一致认为，这显然是玛丽亚小姐命中注定了的，天配的姻缘是拆不散的，贫寒不是罪过，孩子不是和财产过日子，而是和人过日子，等等。当我们很难找出什么话为自己辩解的时候，说几句显示美德的现成话往往特别管用。

这时小姐的病情渐渐好转。弗拉基米尔很久不到加夫里拉·加夫里洛维奇家里来了。他很怕遭到以往的冷遇。于是这对夫妇决定派人去找他，将意外的喜讯告诉他：婚事答应了。但是，回答盛情邀请的竟是一封半似清醒、半似疯癫的信，这使这位涅纳拉得庄的庄主和夫人大为惊愕！他的信中说，他的脚再也不会跨进他们的家门，请他们忘记他这个只希望一死了事的不幸者。几天之后，他们便听说弗拉基米尔回军队去了。这是在 1812 年。

这件事家里很久不敢对尚未完全复原的玛丽亚讲。她也从不提起弗拉基米尔。过了几个月，她在波罗金诺战役立功和重伤者名单中看到了他的名字，因而晕厥过去，家里人担心她的热病又要复发了。不过还算好，晕厥了一阵就没事了。

另一桩不幸的事紧跟着就来了：加夫里拉·加夫里洛维奇去世了，玛丽亚·加夫里洛芙娜成了全部遗产的继承人。但是遗产并不能安慰她；她真情地分担着可怜的妈妈的悲伤，发誓永远不离开妈妈；她同妈妈一起离开了涅纳拉得庄这个最易睹物伤情的地方，迁到另一处庄子上。

这位可爱而有钱的待字小姐来到这里，又被求婚者包围了，但是谁也休想得到她的青睐。妈妈有时劝她自己挑一个意中人；这时玛丽亚便摇摇头，沉思起来。弗拉基米尔已经不在人世：他在法国人入城的前夜死于莫斯科。玛丽亚十分珍视和怀念他过去的一切，至少她珍藏着一见就可以思及其人的许多什物：他过去读过的书，他画的图画，他为她抄写的乐谱和诗歌。附近的人知道了这件事，对她的坚贞一致表示惊异，全都十分好奇地等待着，看是哪位英雄到头来能征服这位贞洁的女圣人矢志守节的心。

这时战争胜利了。我们的军队从国外凯旋。人们纷纷上前欢迎。乐队奏着凯旋的歌曲：Vive Henr-Quatre[①] 提罗尔的华尔兹舞曲和喜剧《乔孔达》中的咏叹调。军官们出征时几乎还是少年，经过战斗的洗礼，长成了结实的汉子，如今归来，个个胸前挂满了勋章。士兵们愉快地交谈着，不时地夹杂着几个法国和德国词儿。真是令人难忘的时刻！到处在庆

---

① 法文：《亨利四世万岁》。

贺，到处在狂欢！一提到"祖国"这个字眼，俄国人的心跳动得多么剧烈！团聚的眼泪是多么甜蜜！这时我们多么一致地认为民族自豪感同爱戴皇上完全不能分开！那真是皇上最荣耀的时刻！

我们的妇女，我们俄罗斯的妇女当时的表现是十分感人的。她们平时那种冷若冰霜的态度不见了。当她们迎接凯旋的战士、高呼"乌拉"的时候，她们那种欣喜若狂的神态是令人心醉的。

花头巾也抛上了天空。

当时的军官哪一个不承认，他们所得到的最好、最珍贵的奖赏来自俄罗斯妇女？

在这举国欢腾的日子里，玛丽亚·加夫里洛芙娜同母亲一起住在外省，没有看到两大京都①庆祝我军凯旋的盛况。

———————————

① 指莫斯科与彼得堡。

但是在县城和乡下，群众的欢迎热情也许更为浓烈。军官来到县城或者乡下，才是他真正得意之时：打扮齐整的情郎遇上了他，必定要受到姑娘的冷落。

　　我们上面已经说过，尽管玛丽亚·加夫里洛芙娜冷若冰霜，可是一直被追求者包围着。但是当负伤的骠骑兵上校布尔明出现在她家中的时候，众多的包围者就都该后退了。布尔明年纪在二十六岁上下，纽扣上挂着一枚乔治十字勋章，像当地小姐们说的那样，他的面色显得迷人的苍白。他是回自己庄子上度假的，他的庄子就紧靠着玛丽亚·加夫里洛芙娜的庄子。玛丽亚·加夫里洛芙娜对他完全另眼相看。只要布尔明一来，她平时那种郁郁寡欢的神情就平添了生气。切莫说她向布尔明暗送秋波；可是虽然这样，假使有哪个诗人留意她的行动，准会说：

　　这不是爱情，又是什么？[①]

[①] 意大利诗人彼特拉克（1304—1374）的十四行诗中的一句。

布尔明的确是一个十分可爱的青年。他恰恰有着女子们所喜欢的一切禀赋：温文尔雅，目光炯炯有神，从不死盯活缠，而且天性愉快，言谈风趣。他同玛丽亚·加夫里洛芙娜在一起时显得十分洒脱，丝毫也不拘束；但不论她说什么，做什么，他的思想和目光都时时追随着她。他看样子很文静，很老实，但是据传说，他以前是个放荡不羁的浪子，不过这并没有影响玛丽亚·加夫里洛芙娜对他的看法，她和一般年轻的小姐、太太一样，并不讨厌调皮的性格，因为调皮往往意味着大胆和热情。

但是除了这一切……除了他的温柔，除了他那讨人喜欢的谈吐，除了他那迷人的苍白面色，除了他那扎了绷带的手，这位青年骠骑兵的不露心迹，最能挑动她的好奇心和情思。她不能不承认，她很喜欢他；大概他凭自己的聪明和经验，也可以看出她对他另眼相看；那么究竟为什么她至今还没有看到他拜倒在自己脚下，还没有听到他表白爱情？是什么在作梗？是胆怯？一个人爱得太真挚，往往会胆怯的。也许是高傲，是情场老手故弄玄虚？她觉得简直是一个谜。她反复思量后，这才断定：胆怯是其唯一的原因。于是决定给他鼓鼓勇气，比如说，多送一些秋波，必要时，还可以加一点儿柔情。她在设计着一个十分惊人的结局，焦急地等待着浪漫的求爱时刻的到来。秘密，不论是什么性质的，总能使女人心里觉得不快。她的战略行动收到了预期的效果，至少布尔明的心事更重了，他那一双乌黑的眼睛盯住玛丽亚·加夫里洛芙娜时已是火辣辣的了，这一切都使人感到关键性的时刻即在眼前。邻里乡亲们议论着结婚的事，认为这桩婚事已成定局：善良的普拉斯柯维娅·彼得洛芙娜十分高兴，认为女儿终于找到了十分般配的女婿。

这一天，老太太一个人坐在客厅里用纸牌算卦，布尔明走了进来，一进门就问玛丽亚·加夫里洛芙娜在哪里。老太太回答说："她在花园里，去找她吧；我在这里等你们。"布尔明去了，老太太在胸前画了个十字，心想：大概今天事情可以定下来了！

布尔明在池塘边找到了玛丽亚小姐。她坐在柳荫下，手里拿着一本书，穿着白色连衣裙，俨然是小说中的女主人公。闲聊了几句之后，玛丽亚·加夫里洛芙娜故意不再多谈，这样一来，两个人更加拘谨不安，除非猛然地、果敢地倾吐爱情，才能改变这种窘迫气氛。果然不出所料，布尔明感到自己已经面临缴械投降的境地，于是说，他很早就想找机会向她表白心意，现在就请耐心听一听吧。玛丽亚·加夫里洛芙娜合上书，垂下眼睛，表示愿意听。

"我爱您。"布尔明说，"我爱您爱得很热烈……"（玛丽亚·加夫里洛芙娜脸红了，头垂得更低了。）"我自己很不谨慎，随心所欲，养成了一种甜美的习惯，天天要看到您，要听您讲话……"（玛丽亚·加夫里洛芙娜记得这是圣·普乐①的第一封情书中的话。）"现在想反抗我的命运已经迟了。从今以后，回忆您的一切，您那美丽绝伦的形象，将是我一生的痛苦和慰藉；但是，我还必须履行一项极为沉痛的义务，宣布一个可怕的秘密和在我们中间树立起不可逾越的障

---

① 圣·普乐，法国启蒙思想家、作家卢梭（1712—1778）的小说《新爱洛绮丝》中的男主人公。——希金全集

碍……""障碍本来就一直存在，"玛丽亚·加夫里洛芙娜连忙抢先说，"我永远不可能成为您的妻子……""我知道，"他轻轻地说，"我知道您过去爱过一个人，但是他已去世，您悼念了整整三年，善良的、亲爱的玛丽亚·加夫里洛芙娜！您千万不要剥夺我最后一点安慰，就是说，我有一个想法，认为您本来是可以给我幸福的，假如不是……您别说了，看在上帝面上，您别说了。您使我的心都碎了。的确，我知道，我感觉到，您本来可以成为我的妻子，但是，我这个人最最不幸……我结过婚了！"

玛丽亚·加夫里洛芙娜惊愕地看了他一眼。

"我结过婚了，"布尔明接着说下去，"我结婚已有三年多了，而且，我还不知道我的妻子是谁，不知道她在哪里，不知道今后能不能同她见面！"

"您说什么？"玛丽亚·加夫里洛芙娜惊叫起来，"真够怪的了！您接着说吧；您说完了，我也说说……不过还是请您先说。"

"那是在 1812 年初，"布尔明说，"我急着要到维尔纳去，我们的部队驻扎在那里。有一天天色已晚，我来到一个驿站，并吩咐快点儿套雪橇，突然刮起了凶猛的暴风雪，站长和车夫都劝我等暴风雪过了再走。我听从了他们的劝告，但是不知怎么我觉得非常焦躁不安，好像有什么人推着我上路。这时暴风雪正刮得十分凶猛，可是我按捺不住心中的焦躁，重新吩咐套好雪橇，向暴风雪中驰去。车夫想起要顺着河走，这样我们可以少走三俄里的路。河的两岸全被雪盖住了。到了应该拐上大路的地方，车夫也没有发觉，错过去了。这样一来，我们就走到完全陌生的地方去了。这时依然风狂雪猛，我发现前面有灯火，便吩咐朝灯火奔去。我们来到一个村子，露出灯光的去处原来是一座木结构教堂。教堂的大门敞开着，院子里停着几辆雪橇。教堂台阶上有几个人在来回踱着。'这里来！这里来！'几个声音一齐叫起来。我吩咐车夫赶着雪橇进了教堂。'怎么搞的，你为什么这会儿才到？'有一个人冲我说，'新娘都晕过去了，神父束手无策，我们都打算回去了。快下来吧！'我不声不响地跳下雪橇，走进教堂。教堂里点了两三支蜡烛，光线十分微弱。有一位少女坐在教堂中黑暗处的一张长椅上，旁边有一个姑娘在揉她的太阳穴。姑娘说：'谢天谢地，您总算到了。您差点儿把小姐急死了。'一位老神父走到我跟前问道：'可以开始吧？''开始吧，开始吧，神父！'我随口回答说。几个人将小姐搀扶起来。我觉得这位小姐长得真不坏……我当时不知为什么那样轻佻，实在是不可饶恕……我同她并排站到读经台前。神父忙了起来。三个男子和一个侍女搀扶着新娘，一心一意地在照料她。正式结婚仪式完毕。又听到喊：'新郎新娘接吻！'我的妻子将她那苍白的面孔转过来对着我。我正想吻她……她叫了起来：'啊，不是他！不是他！'接着便晕倒在地上。几个证婚人一齐大惊失色地盯住我。我转身走出教堂，也没有人拦阻我，我跳上雪橇，说：'走！'"

"我的天！"玛丽亚·加夫里洛芙娜叫了起来，"那么您不知道您那可怜的妻子后来怎么样了？"

"不知道，"布尔明回答说，"我不知道我结婚的那个村子叫什么名字，不记得是从哪一个驿站去的。那时候我没有将这种有罪的恶作剧看得有多么了不起，所以，出了教堂不远我就睡着了，到第二天早晨醒来的时候，已经是在第三个驿站上了。当时跟随我的一个听差后来死于军中，所以我再也没有希望找到那位被我如此残酷地戏弄过，而如今又如此残酷地报复我的小姐。"

"天啊，天啊！"玛丽亚小姐握住他的手说，"原来那就是您哪！难道您认不出我了吗？"

布尔明脸色煞白，跪倒在她的脚下。

棺材店老板

我们不是天天都看到棺材，

这不断衰老的世界的白发吗？

——杰尔查文

　　棺材店老板阿得里扬·普罗霍罗夫家的最后一批家什装上殡葬车，两匹瘦马第四次拉着车从巴斯曼街向尼基塔街走去，棺材店老板就是往那儿搬家。他关起店门，在大门上贴了一张房屋将出卖和出租的启事，便往新居走去。上了年纪的棺材店老板走近他早已想得着了魔、终于花了一笔可观的款子买下的那座黄色小房时，他很奇怪地感觉到，心里并不高兴。一跨进新居的门槛，看到自己的新居里乱七八糟；就怀念起他那破旧的小屋，他在那里面住了十八年，一切都收拾得井井有条。于是他骂起两个女儿和女仆，说她们太磨蹭，并且亲自动手帮忙。不一会儿，便收拾得有了头绪。带神像的神龛、装餐具的橱子、桌子、沙发和床都摆到后房里一定的地方，在厨房里和客厅里摆的是老板的制作品：各种颜色和不同尺寸的棺材，一个个装了丧帽、丧服和火炬的柜子。大门上方挂起一块招牌，上面画着很富态的爱神，手里拿着头朝下的火炬，招牌上写着："此处出售和包钉白坯和上漆棺木，并出租和修理旧棺木。"姑娘们到自己房里去了。阿得里扬把家里巡视一遍，便在窗前坐下来，吩咐烧茶。

渊博的读者都会知道，莎士比亚和瓦尔特·司各特都把掘墓者写成快活而风趣的人物，用这种反事实的写法为的是更能震动我们的思想。我们却要尊重事实，不能效法他们，不能不承认，这位棺材店老板的性情完全符合他那不见笑脸的行当。阿得里扬·普罗霍罗夫平时总是阴沉着脸，心事重重。只有在他看到自己的女儿不干活却在窗口观看过往行人，需要数落她们时，或者是向那些遇到不幸（有时也是高兴事儿）而需要他的产品的人要高价的时候，他才开口说话。此时，阿得里扬坐在窗前，喝着第七杯茶，像自己往常一样冥思苦想。他想的是一个礼拜前安葬退伍旅长时在城门口遇到的那场倾盆大雨。那场雨使很多丧服缩了水，很多丧帽变了形。他看出，势必要有一笔花费，因为他老早储存的丧服已所剩无几。他指望从年迈的女商人特留欣娜身上捞回损失，那个女商人重病已有一年了。可是特留欣娜一直卧病在拉兹古里。阿得里扬担心她的继承人不顾自己的诺言，懒得派人跑这样远的路来找他，而与附近的承包人谈妥这笔生意。

他的思绪突然被三声秘密会社式的叩门所打断。"谁呀？"棺材店老板问道。门开了，一个人走了进来，并且满面春风地走到棺材店老板跟前。一眼就可以看出，这是一个德国手艺人。"请原谅，亲爱的邻居，"来人用俄语说，这样的俄语直到如今我们听了也不能不发笑，"请原谅，我打搅您了……我是想快点儿跟您认识。我是鞋匠，我叫戈特里普·舒尔茨，住在街对面，在对着您家窗户的那座房子里。

明天我要庆祝我的银婚，我请您和您的女儿赏光到我家里吃饭。"这一邀请被愉快地接受了。棺材店老板就请鞋匠坐下喝茶，因为戈特里普·舒尔茨性格直爽，不一会儿，他们就谈得很投机了。"您的生意怎么样？"阿得里扬问道。"哎嘿嘿，"舒尔茨回答说，"马马虎虎，还算可以。不过，我的货当然不如您的：活人可以不要鞋子，死人可不能不要棺材。""这倒是实话，"阿得里扬说，"不过嘛，要是活人没有钱买鞋子，请别生气，那他也可以光着脚走路；可是穷人死了，却可以白得一口棺材。"他们就这样又谈了一阵子；终于，鞋匠起身向棺材店老板告辞，并且又把请吃饭的话说了一遍。

第二天，中午十二点整，棺材店老板和他的两个女儿出了新居的便门，朝邻居家走去。在此种场合下，我不想按照当今小说家通常的做法，来描写阿得里扬·普罗霍罗夫的俄罗斯式长袍以及阿库里娜和达莉亚的欧洲式打扮。不过我认为不妨说一说，两位姑娘戴起黄色女帽，穿起红色皮鞋，这都是她们在隆重场合才穿戴的。

鞋匠狭小的房子里挤满了客人，大多是德国手艺人，还有他们的妻子和学徒。只有一名岗警是俄国官场人员，那就是芬兰人尤尔科，尽管他职位卑微，主人对他却另眼相看。他就像波戈列尔斯基笔下那个邮差一样，忠诚老实地在这个岗位上干了二十五年。1812年的大火烧毁古都，也把他的黄色岗亭烧成灰烬。可是刚刚把敌人赶走，在原来的地方又出现了一条带陶立克式白色圆柱的浅灰色新岗亭，尤尔科又手提板斧、身穿粗呢制服在周围走来走去了。住在尼基塔城门附近的德国人大多认识尤尔科，其中有的人有时还在他那儿过夜，从礼拜天住到礼拜一。阿得里扬马上跟他结识了，因为或早或迟还是会用得着这个人的，而且等客人们一入席，他们就坐在一起了。舒尔茨夫妇和十七岁的女儿洛蒂欣陪客人吃饭，又招待客人，又帮厨子上菜。啤酒不停地倒着。尤尔科吃起来一个顶四个。阿得里扬也不含糊；他的两个女儿却很拘谨。用德语说话说得越来越热闹了。突然主人要大家注意，便一面开着用树脂封住的瓶塞，一面大声用俄语说："为我的贤良的路易莎的健康干杯！"汽酒冒起泡沫。主人亲热地吻了吻四十岁的妻子那红润的脸颊，客人们也闹哄哄地为贤良的路易莎的健康干了一杯。"为敬爱的客人们的健康干杯！"主人一面开着另一瓶酒，一面高声说。于是客人们向他道谢，又干了一杯。接着就开始一遍又一遍地祝酒：为一个一个客人的健康干杯，为莫斯科和整整一打德国小城干杯，为所有的行业和单独为每个行业干杯，为师傅们和学徒们的健康干杯。阿得里扬很起劲儿地喝着，喝得快活起来，也举杯祝酒，开起玩笑。突然，客人中一个胖胖的面包师举起酒杯，高声说："为我们所效劳的人，为我们的主顾的健康干杯！"这一提议也像所有的提议一样，大家一齐高高兴兴地接受了。客人们开始相互敬酒，裁缝向鞋匠敬酒，鞋匠向裁缝敬酒，面包师向他们两个人敬酒，大家都向面包师敬酒，就这样敬来敬去。正在大家相互敬酒的时候，尤尔科转身对坐在旁边的棺材店老板大声叫道："怎么样？老兄，为你的死人的健康干一杯！"大家哈哈大笑起来，棺材店老板却认为自己受了侮辱，皱起了眉头。谁也没有注意这一点，客人们继续喝酒。大家离席的时候，晚祷的钟声已经响起了。

客人们很晚才散去，大部分人都有醉意。胖胖的面包师和脸红得像红山羊皮封面的装订工搀扶着尤尔科，把他送回岗亭去，因为他们在这种情况下还没有忘记一句俄罗斯谚语：好心会有好报。棺材店老板回到家里，醉醺醺，气嘟嘟的。"真是岂有此理！"他想着想着说出声来，"我这一行当有什么不如人家的？难道棺材匠是刽子手的兄弟？那些异教徒有什么好笑的？难道棺材匠是圣诞节的小丑？我本来还想把他们请到我的新居来，好好儿吃一顿饭呢！哼，休想！我还不如请请我的主顾，请请那些信正教的死人呢！""我的爷呀，你怎么啦？"这时正帮他脱鞋的女仆说，"你这是瞎说什么呀？快画十字吧！要请死人到新房子里来呢！这多可怕呀！""真的，我一定要请！"阿得里扬说下去，"明天就请。请赏光吧，我的恩人们，明天晚上我家举办宴会；我要尽我的所有招待你们。"棺材店老板说过这话就往床上一倒，一会儿就打起鼾来。

天还没有亮，阿得里扬就被人唤醒了。女商人特留欣娜就在这天夜里去世了。她的管家派人骑马来给阿得里扬报信。棺材店老板为此赏给来人十戈比银币和酒钱。他匆匆穿好衣服，雇了一辆马车就到拉兹古里去了。死者大门口已经站着几名警察，还有几个商人在这里走来走去，就像乌鸦闻到了死尸味道。死者躺在灵床上，脸黄得像蜡一样，但尸体尚未腐烂变形。一些亲戚、乡邻和仆人拥挤在死者身旁。所有的窗户都开着，点着不少蜡烛。神父在念祈祷文。阿得里扬走到特留欣娜的侄儿——一个穿着新式礼服的年轻商人跟前，对他说，棺材、蜡烛、棺罩和其他丧葬用品全部齐备，即刻送到。这位继承人漫不经心地谢过他，并且说不想还价，一切希望他凭良心来办。棺材店老板又像往常一样赌咒发誓，说一分钱也不多要；心照不宣地和管家交换了一下眼色，就回去张罗了。一整天他乘马车在拉兹古里和尼基塔城门之间来来回回跑着，直到傍晚才把一切办妥，把马车打发掉，步行回家。这是一个月明之夜。棺材店老板顺利地走到尼基塔城门边。我们已经熟悉的尤尔科在耶稣升天教堂旁边把他喊住，一认出是棺材店老板，就向他道晚安。这时已是深夜。棺材店老板已经快到家的时候，模模糊糊地看到，有一个人走到他家门口，推开门就进去了。"这是怎么一回事儿？"阿得里扬想道，"又是谁有事找我了？莫不是小偷到我家里来了？要么是我两个傻丫头的情人？绝不是什么好事！"棺材店老板已经想求助于自己的朋友尤尔科了。就在这时候，又有一个人来到门口，正要进去，可是一看到主人跑来，就站下来，并且摘下三角帽。阿得里扬觉得此人有些面熟，但匆忙间来不及仔细辨认。他气喘吁吁地说："欢迎您光临，就请进去吧。"那人用低沉的声音回答说："不必客气，大哥。请你在前面走，给客人们带路！"阿得里扬也没有工夫谦让。门是开着的，他登上楼梯，那人便跟在后面。阿得里扬觉得，他的几个房间里都有人在走动。"真是他妈的怪事儿！"他想道，于是急忙走进去……他一进去，两条腿就发软了。满房间都是死人。月光从窗户里射进来，照亮了他们那蜡黄和发青的脸、瘪进去的嘴巴、无神而半闭的眼睛和伸得高高的鼻子……阿得里扬胆战心惊地认出他们都是由他操办入葬的人，认出跟他一起进来的客人就是下大雨时入葬的那位旅长。他们这些男男女女把棺材店老板围住，向他行礼和问候，只有一个穷汉子，是不久前免费安葬的，感到惭愧，还因为穿得破烂觉得不好意思，没有走过来，老老实实站在角落里。其余的人都穿得非常体面。女的都戴着包发帽，还有缎带；当官的都穿着制服，但是没有刮胡子；商人都穿着很讲究的长袍。"你瞧，普罗霍罗夫，"旅长代表这气味相投的一伙儿说，"我们都应邀来到了；只有那些完全腐烂，只剩了骨头架子的，实在力不从心，待在家里，不过也有一个忍不住，他实在太想到你家来了……"这时有一副小小的骷髅从人群中挤过来，走到阿得里扬跟前。他的头骨对棺材店老板亲热地笑着。他身上有的地方挂着一块块淡绿、大红呢子和破烂麻布片，就像挂在杆子上似的，他的腿骨在肥大的靴筒中撞来撞去，就像石杵在石臼中捣来捣去。"你不认得我啦，普罗霍罗夫，"骷髅说，"你还记得那个退伍的近卫军中士彼得·彼得罗维奇·库里尔金吗？你就是在1799年把第一口棺材卖给我的，并且是拿松木的充橡木的。"死人说着，就张开两条臂骨来拥抱他，但是他使足劲儿叫起来，一把推开。彼得·彼得罗维奇摇晃了一下，倒在地上，就完全散了架。死人中间响起一阵愤怒的咕哝声，一齐维护起同伴的尊严，盯住阿得里扬又骂又要动武；可怜的主人被他们吵得耳朵都聋了，而且差点儿被挤死，他再也支持不住，一下子跌倒在退伍近卫军中士的骨头堆上，失去了知觉。

太阳早就晒到棺材店老板睡觉的床铺。他终于睁开眼睛，看到女仆在跟前烧茶炊。阿得里扬想起昨夜的事犹有余悸。特留欣娜、旅长和库里尔金中士隐隐浮现在他的脑际。他默默地等待着女仆开口跟他说话，向他报告昨夜种种意外事的后果。

"你睡得好沉呀，老爷子，阿得里扬·普罗霍罗夫，"阿克西尼娅说着，把晨衣递给他，"有一个做裁缝的邻居来找过你，此地一个岗警也跑来找你，说今天是他的命名日，可是你睡得很香，我们就没有把你叫醒。"

"故世的特留欣娜家里有人来找过我吗？"

"故世的特留欣娜？难道她已经死了吗？"

"你好糊涂！昨天我操办她的丧事，你不是做帮手的吗？""你怎么啦，老爷子？你是疯啦，还是昨天喝醉酒没有醒？昨天哪里办过什么丧事？你在德国佬家里喝了一整天酒，回到家醉醺醺的，就往床上一倒，一直睡到这时候，午祷钟这就要响了。""真的吗？"棺材店老板高兴地说。

"千真万确。"女仆回答说。

"哦，既然这样，就快点儿把茶端给我，再把我女儿叫来。"

驿站长

微末的小吏，

驿站的皇帝。

——维亚泽姆斯基公爵

谁没有咒骂过驿站长？谁没有跟他们争吵过？谁没有在盛怒之下向他们要那倒霉的簿子，好把自己受欺、受气、受怠慢的意见记上去，虽然记也无用？谁不把他们看作人间败类，像已故的那些书吏或者至少像穆罗姆强盗一样？不过，如果我们实事求是，尽量设身处地为他们想一想，对他们的评价也许会宽容得多。驿站长是什么样的人呢？这十四等小官是不折不扣的第十四等受难者，凭自己的头衔只能免除挨打，而且未必每次都有这样的幸运（这要看诸位读者的良心了）。维亚泽姆斯基公爵虚称的这号儿皇帝的职责是什么呢？难道不是不折不扣的苦役吗？真是日日夜夜不得安宁。旅客常常把寂寞的旅途中积累的烦恼一股脑儿发泄到驿站长的头上。天气恶劣，道路泥泞，车夫执拗，马拉不动车——全怪驿站长。旅客一走进他的寒碜的小屋，就像对仇人一样盯着他；他要是能很快地把不速之客打发走，算是幸运；但要是碰上没有马呢？……天啊！又是骂，又是吓唬，劈头盖脸而来！不管下雨、泥泞，他都得挨门挨户去跑；在暴风雨中，在严寒日子里，他都要跑到门廊里，哪怕暂时躲一躲盛怒的旅客的叫嚷和推搡，喘一口气。要是将军来了，战战兢兢的驿站长就得把最后两辆三套马车，其中包括信差专用车，一齐交给他。将军走了，连谢谢也不说一声。过了五分钟，又响起来车的铃声！……信差把驿马使用证往他的桌上一扔！……我们要是好好想想这一切，就不会气愤，我们心中会充满深切的同情。我还要再说几句：二十年来我跑遍俄罗斯的东西南北；几乎所有的驿道我都走过，几代车夫我都熟悉，很少有驿站长我不认识，很少有驿站长没有跟我打过交道。我已将旅途所见不少趣事汇集起来，希望在不长时间内出版。现在我只想说说，大家对驿站长这种人的看法是极其错误的。这些被人说尽坏话的驿站长一般都是非常和善的人，天生乐于助人，善于与人相处，荣誉地位之心淡薄，也不怎样贪财。从他们的言谈中（过往的先生们偏偏瞧不起他们的言谈）可以听出许多有趣和有益的东西。至于我呢，说实话，我宁愿听他们说话，也不愿听哪一位因公路过的六等文官的高论。

不难猜想，在驿站长这一类可敬的人当中有我的朋友。确实，其中有一位是很值得我怀念的。当年因为有些情形，我们曾经非常接近，现在我就想把他的事对厚意的读者说说。

在 1816 年 5 月，我因事经过某省，走的是如今已经湮没的大道。我官卑职微，只能搭乘驿车，付两匹马的使用费。因此驿站长们都对我很不客气，我往往要费九牛二虎之力，才能争得我认为应该得到的待遇。我年轻气盛，每当站长把为我准备的马套到官老爷的轿车上时，我非常恼恨站长的卑劣和低三下四。在省长的宴会上，看到精明的仆役绕过我去给别人送菜，我也很久不能习惯。现在我觉得这都是很正常的了。确实，如果不按照官敬官这一通行的准则行事，而推行另外的准则，比如聪明人敬重聪明人的准则，那我们会怎么样呢？岂不乱了套吗？仆役先给谁上菜呢？不过，咱们还是言归正传吧。

那一天很热。在离某驿站三俄里时，下起蒙蒙小雨，过了一会儿就变成瓢泼大雨，淋得我浑身湿透。我赶到驿站，头一件事就是快点儿换衣服，再就是要一杯热茶。"喂，杜尼娅！"站长喊道，"把茶炊拿来，再去拿些鲜奶油来。"话音一落，从里间走出一个十四五岁的小姑娘，朝过道里跑去。她的美貌使我吃了一惊。"这是你的女儿吗？"我问站长。"是小女，"他带着非常得意的神气回答说，"这孩子很聪明、很灵巧，完全像去世的妈妈。"他说过，就动手登记我的驿马使用证，我就欣赏起他那简陋而整洁的房间里张贴的一些图画。这些图画的是一个浪子回头的故事。第一幅画的是一位头戴睡帽、身穿晨衣的慈祥老人在送一个不安分的青年，那青年急不可待地在接受老人的祝福和钱袋。第二幅用鲜明的笔法画出青年的放荡行为：他坐在桌旁，周围是一些不三不四的朋友和无耻的女人。再一幅画的是，这个青年已穷困潦倒，穿着破衣烂衫，戴着三角帽，正在放猪，与猪争食，脸上露出深深的悲哀和悔恨神色。最后一幅画的是他回到父亲身边；慈祥的老人依然戴着睡帽，穿着晨衣，跑出来迎接儿子；回头的浪子跪在地上；在远景中，一名厨师正在宰杀一头肥牛犊，哥哥在问一名仆人，为什么这样高兴？在每一幅画下面，我都看到一首很得体的德文诗。所有这一切，也像那一盆盆的凤仙花，那床和花花绿绿的床罩，以及当时在我周围的其他一些东西，都还留在我的记忆中。就好像现在我还看到这位面色红润、精神抖擞的五十岁左右的主人，看到他那长长的绿色常礼服和缀在褪色缎带上的三枚奖章。

我还没有把原来的车夫打发走，杜尼娅已经端着茶炊回来了。这个骚妞儿第二眼就看出她给了我什么印象。她垂下那蓝蓝的大眼睛；我便和她说起话儿，她回答我的话一点也不羞怯，很像一个见过世面的大姑娘。我请她父亲喝一杯潘趣酒；递给杜尼娅一杯茶；我们三个人便聊了起来，好像已相识多年。

马早就套上车，可是我舍不得跟站长和他的女儿分手。终于我向他们告别；父亲祝我一路平安，女儿送我上马车。在过道里我停下来，请求她允许我吻一吻她；杜尼娅答应了……

自从那一回以后，我可以数得出许许多多回吻，但没有一回给我留下如此长久、如此醉人的回忆。

过了几年，我又因事经过那条大道，到过原来一些地方。我想起老站长的女儿，一想到又要见到她，心里非常高兴。但是，我又想，也许老站长已经离任，想必，杜尼娅已经嫁人。我脑子里也闪过其中一个也许已死的念头，所以我怀着忧伤的预感乘车向某驿站奔去。

马车停在驿站的小屋旁。我一进小屋，立刻认出那几幅画着浪子回头故事的图画，桌子和床还在老地方，但窗台上已经没有花，而且周围一切都显得破旧和零乱。站长盖着棉袄在睡觉；我一进来，他惊醒了，欠起身来……这正是萨姆松·维林；可是他衰老得多厉害呀！就在他着手登记我的驿马使用证的时候，我看着他的白发，看着那很久未刮的脸上的深深的皱纹，看着他那驼背，实在不能不惊讶，怎么三四年的时间，一个精力充沛的男子会变成一个衰弱不堪的老头子？"你还认得我吗？"我问他，"咱们可是老相识呀。""也许是吧，"他愁眉苦脸地说，"这儿是一条大路，许多过路人到我这儿来过。""你的杜尼娅好吗？"我又问。老头子皱起眉头。"谁知道呢。"他回答说。"这么说，她出嫁了？"我说。老头子装作没听见我的问话，继续低声念着我的驿马使用证。我不再问他，就叫人给我送茶来，我不禁纳闷起来，很想知道究竟，就希望潘趣酒能够叫我这位老相识开口。

果然不错，我请老头子喝酒，他没有拒绝。我看出来，罗姆酒驱散了他的愁云。喝到第二杯，他的话就多起来。他记起了我，也许是装作记起了，于是我从他嘴里听到一个故事，这故事当时使我很感兴趣，也使我很受震动。

"这么说，您认识我的杜尼娅了？"他说起来，"谁又不认识她呢？唉，杜尼娅呀，杜尼娅！这妞儿本来有多么好呀！以前，不管谁打这儿路过，都要夸奖她，没有一个人说她不好。太太们常常送她东西，有的送手帕，有的送耳环。过路的先生们常常有意地停下来，似乎是为了吃午饭或者吃晚饭，其实只是为了多看她几眼。常常有先生发起大脾气，可是一见她在场，气就消了，客客气气跟我说起话儿。先生，不知您是不是相信，那些传送急件的专差、特使一和她说起话儿就是半个小时。家里的事全靠她，收拾房间、洗衣烧饭，什么都做得好好的。我这个老糊涂，对她也是看不够，喜欢不够；我怎么会不爱我的杜尼娅，怎么会不心疼我的孩子，她过的日子怎么会不好呢？可是不，灾难是躲也躲不掉的；在劫难逃呀。"于是他详详细细对我说起他的不幸事儿。

三年前，一个冬天的傍晚，站长正往一本登记簿上画格子线，女儿在里间缝衣服，来了一辆三套马车，一个头戴吉尔吉斯帽、身穿军大衣、裹着围巾的过路人走进屋里来要马。当时所有的马都派出去了。那过路人一听到这样说，就提高嗓门儿，扬起鞭子；可是见惯了这种场面的杜尼娅从里间跑出来，亲切地问过路人：要不要吃点儿什么？杜尼娅的出现产生了和往常一样的效果。过路人的火气消了，他同意等候马，并且要吃晚饭。过路人摘下湿漉漉的毛皮帽，解下围巾，脱下军大衣，原来是一个年轻英俊、留着黑黑的小胡子的骠骑兵。他挨着站长坐下来，就高高兴兴地跟站长和他女儿说起话儿。晚饭送上来。这时有马回来了，站长吩咐，连喂也不要喂，立即把马套到过路人的车上去。可是等他回到屋里，就看到年轻人躺在长凳上，几乎昏迷不醒了。年轻人病了，头痛得厉害，走不成了……怎么办呀！站长把自己的床铺让给他，并且当即决定，如果病人不见好，第二天一早派人到城里去请医生。

第二天，骠骑兵病得更厉害了。他的仆人进城去请医生。杜尼娅将一块浸了醋的手帕裹在他的头上，坐在他的床前做针线活儿。病人在站长面前不住地呻吟，而且几乎不说一句话，不过他倒是喝了两杯咖啡，还一面呻吟着要了午饭。杜尼娅寸步不离地陪着他。他不时要水喝，杜尼娅冲了一大杯柠檬水端给他。病人喝得津津有味，而且每次把杯子还给杜尼娅，都用他那病弱无力的手握一握她的手，表示感谢。快到午饭时，医生来了。他按了按病人的脉搏，用德语和他说了一会儿话，就用俄语说，病人需要的是绝对安静，过两天就可以上路了。骠骑兵付给他二十五卢布诊金，并且请他吃午饭，医生答应了，两个人都吃了不少，还喝了一瓶葡萄酒，分手时彼此都非常满意。

又过了一天，骠骑兵的病完全好了。他格外快活，不住地说笑，不是和杜尼娅开玩笑，就是和站长开玩笑，又吹口哨，又和过路旅客说话儿，登记他们的驿马使用证，一下子就使好心的站长喜欢得不得了，到第三天早晨站长就舍不得跟这位和蔼可亲的旅客分手了。这一天是礼拜天，杜尼娅打算去做礼拜。骠骑兵的马车套好了。他很大方地付过住宿费和酒食费，便向站长告别；也向杜尼娅告了别，又主动表示用车把她带到教堂去，因为教堂就在村口。杜尼娅犹豫不决地站着。"你怕什么？"父亲对她说，"这位先生又不是狼，不会把你吃掉，你就坐车到教堂去吧。"杜尼娅就上车挨着骠骑兵坐下，仆人跳上驭座，车夫打了一声呼哨，几匹马就飞跑起来。

可怜的站长简直不明白，他自己怎么会让杜尼娅跟骠骑兵一起坐上马车，他怎么会那样糊涂，当时他的头脑是怎么一回事儿。过了不到半个钟头，他心里觉得越来越不对劲儿，担心而且焦急起来，以至于再也忍不住，亲自朝教堂走去。他来到教堂前，看到人已经散了，可是杜尼娅既不在院子里，也不在教堂门口，他急忙走进教堂，神父正从祭坛后面往外走，执事吹灭蜡烛，还有两个老婆子在角落里祈祷，杜尼娅却不在教堂里。可怜的父亲硬着头皮问那个执事，杜尼娅是不是来做过礼拜。执事回答说，她没有来过。站长无精打采地朝家里走去。他只剩了一个希望：杜尼娅年轻喜欢玩儿，也许忽然想起要到下一站她的教母那里去逛逛。他心急如焚地等待着他让她坐上去的那辆三套马车回来。车夫一直没有回来。快到黄昏时，车夫终于一个人醉醺醺地回来了，带回了一个要命的消息："杜尼娅跟着那个骠骑兵又从下一站往前走了。"

老头子受不了这一打击，他一下子倒在年轻的骗子昨天睡过的床上。这时站长思索着种种情况，猜测到骠骑兵的病是假装的。可怜的老头子害起沉重的热病；他被送进城里去看病，另外派了一个人暂时代理他的职务。给他看病的就是来给骠骑兵看病的那个医生。医生很有把握地对站长说，那个年轻人根本没有病，当时就猜到他是别有用心，可是怕挨他的鞭子，就没有说出来。不管德国人说的是实话，还是吹嘘他有先见之明，可怜的病人听了都不会丝毫轻松些。驿站长等身体一康复，就向城里驿局长请了两个月的假，没有对任何人吐露过一点自己的打算，就步行去找自己的女儿。他从驿马使用证上知道，骠骑兵上尉明斯基是从斯摩棱斯克来，往彼得堡去的。给他赶过车的车夫说，杜尼娅一路上都在哭，虽然看样子她是自愿跟他走的。驿站长心想："也许我能把我那迷途的羔羊带回家的。"他就怀着这样的心思到了彼得堡，来到伊兹梅洛夫团的驻区，住在自己的老同事——一个退伍的军士家里，开始寻找自己的女儿。很快他就打听到，骠骑兵上尉明斯基就在彼得堡，住在杰姆特旅馆。站长打定主意去找他。

　　驿站长第二天清早就来到他的前室，请人向上尉先生通报，说有一个老兵要见他。勤务兵一面刷着上了楦头的靴子，一面对他说，先生在睡觉呢，十一点之前不会接见任何人。站长走了，到了规定的时间又转回来。明斯基穿着晨衣，戴着红色小帽，亲自走出来见他。"伙计，你有什么事？"他问道。老头子的心翻腾起来，泪水在眼睛里直转悠，他用打哆嗦的声音只说出："您先生呀！……行行好吧……"明斯基很快地抬眼朝他一看，脸唰地红了；他抓住老头子的手，把他拉进房里，把门关上。"先生呀！"老头子又说下去，"过去的事已经过去了，至少您把可怜的杜尼娅还给我呀。您已经拿她玩够了，不要白白地把她毁了呀。""事已至此，无法回头了，"年轻人不知所措地说，"很对不起你，希望你能原谅我。不过你不要以为，我会扔掉杜尼娅，她会幸福的，我可以向你保证。你要她干什么呀？她很爱我，她已经不习惯过原来那种日子。不论你，不论她，都不会忘记这桩事儿了。"说过，把一卷东西往站长袖子里一塞，把门打开，站长自己也不记得怎样一下子就到了街上。

　　他一动不动地站了很久，终于他看见自己的袖口有一卷纸；他拿出来，展开来一看，是揉皱的几张五卢布和十卢布钞票。泪水又在他眼里滚动，这是愤怒的泪水！他把钞票揉成一团，扔在地上，用鞋后跟狠狠踩了几下，就走了……他走出几步，站了下来，想了想……又转回去……但钞票已经没有了。一个穿得很体面的年轻人，一看见他，便朝一辆马车跑去，急急忙忙上了车，喊了一声："走！……"站长没有去追他。他决定回家，回自己的驿站去，但想在走之前见见自己的杜尼娅，哪怕见一面也好。因此，过了两天，他又到明斯基那里去，但勤务兵冷冷地对他说，先生谁也不见，并且挺起胸脯把他从前室里拥出来，对着他的脸砰的一声把门关上。老头子站了一会儿，又站了一会儿，只好走了。

　　就在这一天黄昏时，他在受难者福音大教堂做过祷告之后，正在铸造厂大街上走着。突然有一辆豪华的四轮马车从他面前飞驰而过，老头子认出车上是明斯基。马车停在一座三层楼房的大门口，那骠骑兵跑上台阶。老头子头脑里闪出一个很好的主意。他转身往回走，走到马车夫跟前，问道："伙计，这是什么人的马车？是明斯基的吧？"马车夫回答："正是，你有什么事？""是这样，你家先生让我送一封信给他的杜尼娅，可是我忘记他的杜尼娅住在哪儿了。""就住在这儿，在二楼。可是，伙计，你送信已经晚了；这会儿他本人已经在她那儿了。""没关系，"老头子怀着无比激动的心情说，"谢谢你的指点，我该办的事情还是要去办。"他说着，上了楼梯。

门紧闭着，他拉了拉铃，在焦急的等待中过了几秒钟。门锁当啷一响，门开了。"阿芙多济娅·萨姆松诺芙娜[1] 住在这儿吗？"他问道。"在这儿，"一名年轻女仆回答说，"你找她有什么事？"老头子没有回答就走进大厅。"不行，不行！"女仆跟在他后面叫起来，"阿芙多济娅·萨姆松诺芙娜有客人。"老头子却不听这一套，继续往前走。前面两个房间黑黑的，第三个房间有灯光。他走到一个敞开的门前，站

---

① 阿芙多济娅·萨姆松诺芙娜，杜尼娅的尊称。

住了。这个房间布置得十分豪华。明斯基心事重重地坐着。杜尼娅穿得花枝招展，坐在他的圈椅的扶手上，就像一个女骑手坐在自己的英国式马鞍上。她含情脉脉地看着明斯基，一面把他那乌黑的鬈发往自己亮闪闪的手指上缠绕。可怜的驿站长呀！他从来没有觉得他的女儿有这样美，他不由得欣赏起来。"谁呀？"她没有抬头，问道。他还是没有作声。杜尼娅没有听到回答，便抬起头来……就大叫一声，倒在地毯上。明斯基吓了一跳，急忙起来扶她，突然看见老站长在门口，便放下杜尼娅，走到他跟前，愤怒得浑身打着哆嗦。他咬牙切齿地对老站长说："你想怎样？你干吗到处跟着我，像强盗一样？是不是想杀了我？滚出去！"他用一只强有力的手抓住老头子的衣领，把他推出来，推到楼梯上。

老头子回到自己的住处。朋友劝他上告，但老站长想了想，把手一挥，决定就此罢手。过了两天，他从彼得堡回到自己的驿站，又继续担任自己的职务。"自从杜尼娅走了，我一个人过日子，已经有两年多了，"最后他说，"她一点音信也没有。是死是活，谁也不知道。什么事儿都会有。被过路的浪荡子拐骗的，杜尼娅不是第一个，也不是最后一个，以后玩弄一阵子，就扔掉了。这种年纪轻轻的糊涂妞儿在彼得堡有很多，今天穿的是丝绒绸缎，到明天，你瞧吧，就跟下等的穷光蛋一起扫大街了。有时想到杜尼娅也许会在那里沦落，就不由得生出罪过念头，希望她还是死掉……"

这就是我的朋友老驿站长讲的故事，在讲述的过程中不止一次被眼泪所打断，他动情地用自己的衣襟擦着眼泪，就像德米特里耶夫的优美的叙事诗中那个动了真情的捷连季奇。他的眼泪或多或少是由他在讲述过程中喝的五杯潘趣酒引起的，但不管怎样，还是深深打动了我的心。我和他分手之后，很久都不能忘记老站长，很久都在想着可怜的杜尼娅……

不久前，我从某地路过，想起了我的这位朋友；我听说，他掌管的那个驿站已经撤销了。我问过一些人："老站长还健在吗？"谁也不能给我满意的回答。我决定到我熟悉的地方去看看，就雇了几匹马，乘车到某村去。

这是在秋天。天空飘浮着一片片淡灰色浮云，冷风从收割尽庄稼的田野上吹来，卷走一棵棵树上的红叶和黄叶。夕阳西斜的时候我来到村里，在驿站那所房子门前把马车停下。一进过道（可怜的杜尼娅当年就是在这儿吻我的），迎面走出一个胖娘儿们。她回答我的问话说，老站长去世已经有一年了，他的房子里现在住了一个酿酒的人，她就是酿酒人的老婆。我不禁怅然，可惜我白来一趟，可惜白花掉七卢布。"他是怎么死的？"我问酿酒人的老婆。"他是喝酒喝死的，先生。"她回答说。"他葬在哪儿？""在村后，跟他的老伴儿在一起。""能不能带我到他的坟地上去看看？""怎么不能？喂，万卡！别玩猫了。带这位先生到坟地上去，让他看看老站长的坟。"

这话还未说完，一个衣衫褴褛、栗色头发的男孩子就跑到我跟前，领着我朝村后走去。

"你认识死去的站长吗？"在路上我问他。

"怎么不认识！是他教会我做笛子呢。以前（愿他早升天国！），他从酒店里出来，我们总是跟在他后面叫：'老爷爷，老爷爷！给点儿花生吧！'他就把花生分给我们吃。他常常跟我们一块玩儿。""有过路的人提起他吗？"

"如今过路的人很少；除非陪审员有时来一趟，可是也没工夫问死人的事。不过夏天来过一位太太，倒是问起老站长，还到他的坟上去过。"

"什么样的太太？"我很好奇地问。

"一位非常漂亮的太太呢，"小男孩回答说，"她坐的是六匹马拉的轿式马车，带着三个小少爷和一个奶妈，还有一条黑色哈巴狗。她一听说老站长死了，就哭了起来，对孩子们说：'你们乖乖地待在这儿，我到坟地上去一趟。'我本想带她去，可是那位太太说：'我自己认得路。'她给了我一个五卢布的银币，真是一个好心的太太呀！……"我们来到坟地上。这地方光秃秃的，无遮无拦，竖着一个个木十字架，连一棵遮阴的小树也没有。我从来没有见过这样凄凉的坟地。

"这就是老站长的坟。"小男孩说着，跳上一个坟堆，那上面竖着一个带有铜圣像的黑色十字架。

"那位太太到这儿来过吗？"我问道。

"来过，"万卡回答说，"我老远望着她的。她倒在这儿，躺了很久。后来那位太太到村里去，把神父叫了来，给了他一些钱，就坐上车走了，给了我五卢布的银币呢——真是一个好太太！"

我也给了小男孩一个五卢布银币，而且也不可惜跑这一趟，不惋惜那七个卢布了。

小姐扮村姑

杜申卡，不论怎样打扮，

你都美丽娇艳。

————波格丹诺维奇 [1]

在我国一个边远的省里，有一座庄园，是伊凡·彼得罗维奇·别列斯托夫的。他年轻时曾在近卫军中服役，1797 年退伍，来到自己的村子里，从此再没有出过远门。他娶了一位家境败落的贵族小姐为妻，就在他到离家很远的田野上去的时候，他的妻子难产而死。他很快从经营家业中得到乐趣。他按自己的设计建造了一所房子，开办了呢绒厂，扩大

----

[1] 波格丹诺维奇（1743—1803），俄国诗人。

了收入，于是他便自命为附近一带最精明的人，关于这一点，那些常常带着家眷和狗来他家做客的乡邻并不和他争论。他平时穿着绒布夹克衫，一到节日里就穿起家制的呢子常礼服。他亲自记开支账，除了《参政院公报》，什么也不看。总的说，大家都是很喜欢他的，虽然都认为他很骄傲。跟他不和睦的只有格里高力·伊凡诺维奇·穆罗姆斯基，是他的近邻。这是一个地道的俄国贵族。他把大部分家产在莫斯科挥霍干净，而且就在这时候死了妻子，于是便回到自己最后一处田庄，在这里继续折腾，不过已经换了花样儿。他建造了一座英国式花园，把余下的一些收入几乎全花费到这方面。他的马夫都是英国骑师打扮。他为女儿请了英国女教师。他的土地也用英国方法耕种！

　　　　然而靠外国方法，

　　　　长不好俄国庄稼。①

----

① 引自俄国剧作家沙霍夫斯科依（1777—1846）的讽刺剧《莫里哀！你那世上无可比拟的天才……》。

而且，尽管他极力紧缩开支，他的收入却不见增加。他还在乡下发现了借新债的方法；因此他不能算一个愚蠢的人，因为他在全省的地主中首先想到把田产抵押给监护委员会，这种周转办法在当时看来是非常复杂、非常大胆的。在指责他的人当中，别列斯托夫反应最强烈。憎恨变革是他性格中的一个显著特点。他一谈起这位乡邻的英国热就恼火，而且常常找机会抨击他。他在让客人参观自己的家业的时候，客人一称赞他经营有方，他就回答说："是呀，先生。"他总是带着挖苦的冷笑说，"我可是不像我的乡邻格里高力·伊凡诺维奇。咱们哪里有本事学英国式破产！咱们只要能用俄国办法吃饱就行了。"这一类的玩笑话经过乡邻们热心传播，添枝添叶，加油加醋，不断地传到格里高力·伊凡诺维奇耳朵里。这位英国迷就像我们的杂志撰稿人一样，最受不了别人的攻击。他常常气得发疯，把不怀好意的批评者叫作狗熊和乡巴佬。

别列斯托夫的儿子来到父亲庄园里的时候，这两家地主的关系就是这样。他在某大学受过教育，曾有意进军界服役，但父亲不同意。这位年轻人却觉得自己从文不会有什么出息。父子俩争执不下，于是年轻的阿列克赛暂时过起少爷生活，并且蓄起小胡子等待时机。

阿列克赛确实是一个很英俊的小伙子。假如他埋头于公文，那挺拔的身材永远不能穿上军装，不能骑在马上显显英姿，真是太可惜了。乡邻们看着他在打猎时骑在马上不择道路，跑在最前面的样子，总是异口同声地说，他的前途绝不只是一名循规蹈矩的科长。小姐们也喜欢看他，有的还看得出神；可是阿列克赛对她们不怎么感兴趣，她们却认为他冷漠的原因是他已经有了情人。确实，他的来信中就有一个通讯地址到处传说着，这通讯地址就是：莫斯科，阿列克谢耶夫修道院对面，铜匠萨维里耶夫家，阿库莉娜·彼得罗芙娜·库里奇金娜惠转 A.H.P.。

那些没有在乡下待过的读者无法想象这些乡下小姐有多么迷人！她们是在清新的空气中，在自家果园的苹果树荫下成长和受教养的，从书本上汲取社会和人生的知识。冷清、自由和读书使她们更早地萌动情感和春心，那种炽情是漫不经心的城里美人儿不会有的。在乡下小姐来说，马车铃声已经是不寻常的事情，到附近城里去一趟便是一生中划时代的大事，客人的来访会留给她们长久的、有时是终生难忘的印象。当然，任何人都可以随便取笑她们的一些怪癖，但是肤浅的观察者的取笑无法抹杀她们的真正优点，其中主要是：其性格有特点，有个性（individualité）。按照让·保尔[①]的说法，没有个性，也就没有人的伟大了。京城里的女子也许会受到良好的教育，但上流社会的习惯会很快磨平她们的性格，使她们的心灵变得像她们的头饰一样千篇一律。说这话不是下结论，也不是指摘，但正如一位古代评论家所说的，我们的意见依然有效。[②]

不难想象，阿列克赛会在我们这些小姐的心目中产生什么样的印象。是他第一个以忧郁和失望的面孔出现在她们面前，第一个向她们诉说自己失去的欢乐和凋萎的青春；而且，他还戴着雕有死人头像的黑色戒指。这一切在这个省里特别

---

① 让·保尔（1763—1825），德国作家。
② 原文为拉丁文。

新奇。小姐们想他都想疯了。

可是最迷恋他的还是那位英国迷的女儿丽莎。或者如格里高力·伊凡诺维奇平常叫她的，蓓西。他们的父亲互不往来，她还没有见过阿列克赛，可是附近的少女们天天谈的就是他。她今年十七岁。一双乌溜溜的眼睛使她那一张黑黑的、讨人喜欢的脸儿更加艳丽动人。她是独生女儿，因而也是一个娇生惯养的孩子。她活泼好动，常常淘气，使父亲很喜欢，却使杰克逊小姐伤透了脑筋。杰克逊小姐是一个古板的四十岁老姑娘，喜欢搽粉，还画眉毛，每年把《帕美拉》①读两遍。因此赚得两千卢布，就可以在野蛮的俄国过烦闷得要死的日子了。

服侍丽莎的侍女叫娜斯佳，她比小姐大一两岁，可是也像小姐一样爱玩爱动。丽莎非常喜欢她，有什么心事都要对她说说，并且和她一起想想点子。总而言之，娜斯佳在普里鲁契诺村里是一个人物，比法国悲剧中任何一个心腹婢女都

①　《帕美拉》，英国作家理查逊的小说。

重要得多。

"请允许我今天出去串串门儿。"有一天娜斯佳在服侍小姐穿衣服的时候说。

"去吧,不过你要上哪儿去?"

"我要上杜基洛沃村,到别列斯托夫家去。他们家厨师娘子过命名日,昨天她来请我们去吃饭。"

"好哇!"丽莎说,"两家老爷在争吵,奴仆们却在互相请客。""我们可管不了老爷的事!"娜斯佳不以为然地说,"再说,我是您手下人,又不是您爹手下的。您又没有和别列斯托夫少爷争吵过。两位老人家喜欢争吵,就让他们吵吧。"

"娜斯佳,你要想方设法见见别列斯托夫家的阿列克赛,回来好好给我说说,他长相怎样,他是一个什么样的人。"

娜斯佳答应了。丽莎一整天都在焦急地等待她回来。傍晚,娜斯佳回来了。

"哎呀,小姐!"她一面往房间里走,一面说,"我看见别列斯托夫少爷了,看了个够。一整天我们都在一块儿。"

"怎么回事儿?你说说,从头好好说说。"

"听我说，小姐，我们是一块儿去的，就是我，阿尼西娅·叶戈罗芙娜，涅妮拉，杜妮卡……"

"好啦，这我知道。后来呢？"

"听我说，小姐，我还是从头说起。我们是在快吃午饭的时候到的。屋子里的人满满的。有科尔宾诺村的，有扎哈里耶沃村的，有一个女管家带着几个女儿，有赫鲁宾诺村的……"

"好啦！别列斯托夫少爷呢？"

"不要急嘛，小姐。我们围着桌子坐下来，女管家坐首席，我挨着她坐下……她的几个女儿气死了，可是我才不睬她们呢……"

"哎呀，娜斯佳，你没完没了地讲这些不要紧的小事情，怎么不嫌烦呀！"

"瞧您多性急呀！等我们吃完了，离开饭桌……我们吃了有三个钟头呢，这顿饭真是好极了；夹心奶油冻就有蓝色的、红色的和条纹的……等我们吃完了，离开饭桌，就到花园里去玩捉人游戏，就在那儿见到了少爷。"

"噢，怎么样？听说他长得很英俊，是真的吗？"

"漂亮极了，可以说，是一个美男子；又高，又匀称，脸红红的……"

"真的吗？我还以为他的脸是苍白的呢。究竟怎么样？你觉得他怎样？很伤心，心事很重，是吗？"

"瞧您说的！像这样起劲儿的我还从来没有见过呢。他还跟我们一块儿玩捉人游戏呢。"

"跟你们玩捉人游戏！不会的！"

"就是的！他还想出花样儿呢！捉到了，就得吻一下！"

"我不信，娜斯佳，你骗人。"

"信不信由您，我不骗人。我差一点儿叫他捉住。他就这样跟我们玩了一整天。"

"那又是怎么一回事儿呀，据说，他有了情人，不管对谁，连看也不看？"

"那我不知道，小姐，他对我可是看了又看，对管家的女儿姐尼娅也是这样，对科尔宾诺村的巴莎也是的，而且，说起来也是罪过，他一个都不放过，真是一个坏家伙！"

"这就奇怪了！他们家的人是怎样说他的？"

"都说，少爷真是一个好少爷，又和善，又快活。就是有一样不好：太喜欢追逐女孩子了。可是，依我看，这也算不了什么；慢慢会稳重起来的。"

"我多么想见见他呀！"丽莎叹着气说。

"这有什么难的？杜基洛沃村离咱们不远，只有三俄里。您就到那里去走走，或者骑马去，一定会遇到他的。他天天一大早就带着猎枪出来打猎。"

"不行呀，这样不好。他会以为我是在追求他呢。再说，我们的父亲在争吵，所以我还是不能跟他结识……哦，娜斯佳！你明白吗？我可以打扮成农家姑娘！"

"真的，你就穿上粗布小褂和袍子，大着胆子到杜基洛沃村去；我可以向您担保，别列斯托夫少爷不会放过您的。"

"我说本地话也说得很好。哎呀，娜斯佳，亲爱的娜斯佳！多么妙的主意呀！"丽莎就怀着一定要实现自己快活的设想的决心躺下睡了。

到第二天，她就着手实行自己的计划，派人到集市上去买了粗麻布、毛蓝粗棉布和铜纽扣，娜斯佳帮她裁了小褂和袍子，把所有的女仆都叫了来缝衣服，快到黄昏的时候，所有的衣服就都做好了。丽莎试了试新衣裳，对着镜子照了照，觉得自己从来没有这样可爱过。她一再演习自己的角色，一边走一边深深地鞠躬，然后像黏土做的猫似的，摇了几下头，又说农家的土话，又用袖子捂住脸笑，博得娜斯佳连声喝彩。只有一点她觉得很难：她光着脚试着在院子里走了走，草根土扎得她的嫩脚好痛，沙子和碎石子也硌得她受不了。娜斯佳马上就来帮忙：她量了量丽莎的脚，就跑到田野里去找放牲口的特罗菲姆，叫他照量好的尺寸编一双树皮鞋。到第二天，刚蒙蒙亮，丽莎就醒了。全家人都还在睡觉。娜斯佳就在大门口等候那个放牲口的了。一阵号角响起，村里的一群牲口从老爷家门口走过。特罗菲姆经过娜斯佳面前时递给她一双小小的花花绿绿的树皮鞋，她给他半个卢布的赏钱。丽莎悄没声儿地打扮成一个农家姑娘，小声关照过娜斯佳怎样应付杰克逊小姐，便从后面的台阶走出来，穿过菜园朝田野里跑去。

朝霞在东方放射着明亮的光辉，一排排金色的云朵似乎在等候太阳，好像满朝文武在恭候皇上升殿。明朗的天空、清晨的新鲜空气、朝露、清风和小鸟的歌唱使丽莎心中充满孩子般的欢乐。她怕碰见熟人，似乎不是在走，而是在飞。快要走到父亲领地边界的一片树林时，丽莎放慢了脚步。她应该在这里等候阿列克赛。她的心不知为什么跳得很厉害。但是，伴随我们年轻人淘气而来的这种害怕心情，正是淘气的最有魅力之处。丽莎走进郁郁苍苍的树林。树林发出一阵阵低沉的簌簌声，迎接姑娘的来临。她的快活劲儿平息下来。她渐渐沉醉于甜蜜的幻想。她想着……可是谁又能说得清，一位十七岁的小姐在春日早晨五点多钟一个人在树林里想些什么呢？她就这样想起心事，在两边高大树木浓荫下的路上走着，突然有一条很漂亮的猎狗对她吠叫起来。丽莎吓了一跳，大叫起来。就在这时响起一个人的声音："老实点儿，斯波卡，过来 ①……"话音一落，从灌木丛中走出一

---

① 原文为法文。

个年轻猎人。"不要怕，好姑娘，"他对丽莎说，"我的狗不咬人。"丽莎一定下神来，立刻就很好地利用起这机会。"不行呀，少爷，"她装出又害怕又害羞的样子，说，"我害怕呢：瞧，它多么凶呀，又要扑过来了。"阿列克赛（读者想必已经知道是他了）这时凝神注视着这个年轻的农家姑娘。"你要是害怕，我陪你走走，"他对她说，"我可以跟你一起走走吗？""谁能管你的事呀？"丽莎回答说，"随你的便，路是大家走的。""你是哪儿的？""我是普里鲁契诺村里的。是铁匠瓦西里家的，来采蘑菇呢（丽莎提着一只系了小绳子的篮子）。你呢，少爷？是不是杜基洛沃村的呀？""就是的，"阿列克赛回答说，"我是伺候少爷的。"阿列克赛很想把他们的关系拉平等了。可是丽莎看了他一眼，笑了起来。"你骗人，"她说，"你别把我当傻瓜。我看出来，你就是少爷。""你为什么这样想？""从各方面看出来。""究竟从哪些方面？""怎么会分不清少爷和仆人呢？你穿的衣服不像，说话也不像，连吃喝狗也不是用我们的话。"阿列克赛越来越喜欢丽莎了。他对漂亮的乡下姑娘一向不拘礼节，就想拥抱她；可是丽莎闪开了，并且一下子就摆出严肃和冷冰冰的神气，这虽然使阿列克赛觉得好笑，却也不敢再对她动手动脚了。"您要是想今后和我做朋友，"她神态庄重地说，"那就请您自重点儿。""是谁教你这一番道理的？"阿列克赛哈哈大笑起来，问道，"是不是我的熟人，你们小姐的侍女娜斯佳？原来教育是这样普及的！"丽莎觉得，再这样下去就要露马脚了，便立即改变态度。"你怎么想的呀？"她说，"难道我从来没去过老爷家里吗？也许我什么都听说过，什么都见过呢。可是，"她又说，"我只顾和你说话，就采不到什么蘑菇了。少爷，你走你的路吧，我要往别的地方去了。对不起……"丽莎就想走开，阿列克赛却拉住她的手。"你叫什么名字，好姑娘？""阿库莉娜，"丽莎回答说，一面使劲从阿列克赛手里往外抽自己的手指，"放开我嘛，少爷；我该回家了。""好吧，阿库莉娜，我的朋友，我一定要去拜访你爹，拜访铁匠瓦西里。""你说什么呀？"丽莎急忙阻止他，"行行好，不要来吧。要是家里人知道我在树林里跟少爷两个人在一块儿说话儿，那我要倒霉的：我爹瓦西里铁匠准会把我打死。""可是我想一定要和你再见见面呀。""那我什么时候再到这儿来采蘑菇好了。""究竟什么时候呀？""那就明天吧。""好一个阿库莉娜，我真想好好吻吻你呀，可是我不敢。那就明天吧，就在这个时候，是吗？""是的，是的。""你不是骗我吧？""不骗你。""你起誓。""我对上帝发誓，一定来。"

两个年轻人分手了。丽莎走出树林，穿过田野，悄悄溜进花园，急忙跑进账房，娜斯佳就在这儿等她。她在这儿一面心不在焉地回答着急不可耐的心腹侍女的问话，一面换好衣服，就来到客厅里。餐桌已经铺好，早餐已送上来，已经搽了粉、腰身束得像高脚杯似的杰克逊小姐正在将面包切成薄片。父亲一再称赞女儿早起散步。"没有比清早起床更有益于身体的了。"他说。于是他举了几个从英国杂志上看到的长寿的例子，说明，凡是活到一百多岁的人都不喝酒，不论冬天夏天都起身很早。丽莎没有听他的。她反复回想着早晨见面的种种情景，回想着她扮的阿库莉娜和年轻猎人说的一番话，在良心上开始不安了。她一再为自己辩解，说他们说说话儿不是什么非分之事，说这种淘气不会有什么后果，可是没什么用处，良心的声音比理智的声音更洪亮。最使她不安的是，她已经答应明天再见面。她一度下决心不遵守自己神圣的誓言。可是阿列克赛如果等不到她，就会到村子里来找铁匠瓦西里的女儿，找真正的阿库莉娜那个胖胖的麻脸姑娘，那样一来，就会猜到是她玩的轻佻的花样儿。丽莎一想到这里，吓坏了，于是打定主意第二天早晨再扮成阿库莉娜到树林里去。

阿列克赛却高兴极了，整天都在想着新结识的姑娘；夜里，那黑黑的美人儿的倩影一再地在梦中出现。天刚蒙蒙亮，他已经穿戴好了。不等装好猎枪弹药，他已经带着忠心的猎狗来到田野里，朝约会的地方跑去。他急不可耐地等待了有半个小时；终于他看到灌木丛中闪过一个穿蓝袍子的身影，于是他急忙跑过去迎接可爱的阿库莉娜。她对他微微一笑，回答他那表示感激的兴奋劲儿；但阿列克赛立刻就看出她脸上有忧郁和不安的神气。他想知道其中原因。丽莎坦率地对他说，她觉得她的行动太轻浮，她很后悔，这一次她是不想失信，但这次见面是最后一次，她请求中止他们的交往，因为这种交往对他们不会有什么好的结果。这番话当然是用当地农家方言说的，但一个普通姑娘有这些想法和感触，是很不寻常的，阿列克赛很吃惊。他施展自己的口才，让阿库莉娜打消顾虑；他一再要她相信他没有什么非分之想，保证永远不会给她造成遗憾，一切都听从她的心意，恳求她不要使他失去唯一的快乐——跟她单独见面，哪怕隔一天一次，哪怕每礼拜两次也行。他是用真诚的爱情语言说的，而且这时候他也确实爱上她了。丽莎一声不响地听他说。"你要保证，"她终于说话了，"永远不到村子里去找我，也不要打听我的事儿。你还要保证，除了我和你约定的时间以外，不再找别的时间跟我见面。"阿列克赛正要对天起誓，她却笑着制止他。"我不要你起誓，"丽莎说，"只要你答应就行了。"然后他们就很亲热地说起话儿，一块儿在树林里散步，直到丽莎说该回家了，他们才分手。阿列克赛一个人留下来之后，就觉得怎么也不明白，为什么一个普通农家姑娘两次见面就牢牢抓住他的心。他和阿库莉娜的交往对他有一种新鲜的魅力，而且，虽然这个奇怪的农家姑娘定的规矩使他觉得难受，但他连想也没想到不遵守自己的诺言。这是因为，阿列克赛虽然戴着命运的戒指，虽然有过秘密通信和伤心的失意，但他毕竟是一个善良而热诚的小伙子，有一颗纯洁的心，觉得纯洁无瑕是一种乐趣。

如果我听凭自己的心意信笔写下去，一定会详详细细描写这对年轻人的约会，描写他们彼此越来越倾心、越来越信任，描写他们的活动、他们的谈话；但我知道，大多数读者不愿和我分享这种快乐。这种详情细节一般都甜得腻人，因此我略去不写，只是简单地交代一下：不到两个月，我的阿列克赛已经爱得神魂颠倒，丽莎虽然比他含蓄些，心却不比他冷些。他俩都沉醉在眼前的幸福之中，很少考虑将来之事。

常常有结成终身伴侣的念头在他们的头脑中闪过，但他们彼此都没有说起过。原因是显而易见的：阿列克赛不论对可爱的阿库莉娜多么迷恋，却始终记着他和一个贫寒的农家姑娘之间的距离；丽莎知道他们的父亲之间存在着多么深的仇恨，不敢指望他们彼此和解。此外，她隐隐产生一种带浪漫色彩的希望，希望有朝一日看到这位杜基洛沃的少爷跪倒在普里鲁契诺铁匠的女儿面前，因而暗暗萌动了自尊心。突然，出了一件很重要的事，差点儿使他们的关系发生变化。

一个晴朗、寒冷的早晨（这样的早晨在我们俄罗斯的秋天是常见的），伊凡·彼得罗维奇·别列斯托夫骑马出来兜风，并且带了三对猎狗、一名马夫和几名带响器的僮仆，以备万一。就在这时候，格里高力·伊凡诺维奇·穆罗姆斯基也经不住好天气诱惑，叫人备好他那匹短尾牝马，骑上马在自己的英国式庄园边上小跑起来。来到树林边上时，他看见自己的乡邻身穿狐皮里子的高加索式上衣，神气活现地骑在马上，等待兔子跑出来，僮仆们叫着，敲着响器，正在把兔子从灌木丛中往外赶。格里高力·伊凡诺维奇要是能预见到会碰上这位乡邻，那他当然会往别处去；然而他却完全意外地碰上了别列斯托夫，而且一下子就离他只有手枪射程那样近了。没有办法。穆罗姆斯基像个有教养的欧洲人那样，驱马来到自己的对头面前，很有礼貌地向他问候。别列斯托夫也殷勤还礼，那殷勤神气，就像拴着的狗熊在耍狗熊的人指挥下向老爷先生们鞠躬行礼。就在这时候，一只兔子从树林里窜出来，朝田野上跑去。别列斯托夫和马夫放开嗓门儿叫起来，放出猎狗，纵马追上去。穆罗姆斯基从未出猎过的马受了惊，狂奔起来。穆罗姆斯基自诩为高明的骑手，就任凭惊马狂奔，并且暗自庆幸有这样的机会，使他摆脱不愉快的交谈者。可是他的马跑到一条它先前没有发现的冲沟边，突然朝旁边一转身，穆罗姆斯基跌下马来。他跌在上了冻的土地上，跌得很重。他躺在地上，拼命咒骂自己的短尾巴牝马，那马仿佛清醒过来，一发现背上没有了骑马人，立即停下来。伊凡·彼得罗维奇骑着马跑到他跟前，问他跌伤了没有。这时马夫抓住闯了祸的马的辔头，把马牵了过来。他扶着穆罗姆斯基上了马，别列斯托夫就请他到家里去坐坐。穆罗姆斯基无法拒绝，因为他觉得自己受了人家的恩惠。就这样，别列斯托夫捕获了兔子，带着受了伤的、几乎像战俘一样的对头，胜利而归。

两位乡邻在吃早饭的时候，谈得相当亲热。穆罗姆斯基向别列斯托夫借一辆车，他坦率地说，因为他跌得很重，无法骑马回家。别列斯托夫一直把他送到门口，穆罗姆斯基却一直等他答应了第二天带阿列克赛·伊凡诺维奇到普里鲁契诺去好好吃顿饭，才走了。就这样，由于短尾巴牝马受惊，两家人根深蒂固的宿怨似乎冰融雪消了。

丽莎跑出来迎接格里高力·伊凡诺维奇。"您这是怎么啦，爸爸？"她惊讶地说，"您的腿怎么瘸啦？您的马呢？这是谁家的车？""这你就猜不到了，我的好孩子①。"格里高力·伊凡诺维奇回答她说，并且把发生的事情一五一十地说了说。丽莎真不相信自己的耳朵。格里高力·伊凡诺维奇不等她定下神来，就对她说，明天别列斯托夫父子俩要来家里吃午饭。"您这是说什么呀！"她一下子脸色煞白，说，"别列斯托夫父子！明天来咱们家吃饭！哎呀，爸爸，随您怎么样，我可是怎么也不露面。""你怎么，疯啦？"父亲不以为然地说，"你什么时候变得这样怕羞的？要么你就是像小说里的人物，怀着上一辈的仇恨？算了吧，别傻了……""哎呀，

---

① 原文为英文。

爸爸，说什么我也不露面，不论怎样我也不出来见别列斯托夫父子。"格里高力·伊凡诺维奇耸耸肩膀，不再和她争论，因为他知道，和她争执不会有什么结果，于是他就去休息了，因为这次很不平常的兜风使他太疲乏了。

丽莎回到自己房里，把娜斯佳叫了来。她们俩就明天客人的来访商量了很久。要是阿列克赛认出这位有教养的小姐就是他的阿库莉娜，会怎样想呢？他对她的行为、风操和理智会有什么看法呢？另一方面，丽莎也很想看到，如此意外的见面会使他产生什么样的印象……突然，她想出一个主意。她马上把这个主意对娜斯佳说了，两个人像捡到宝贝似的高兴起来，并且决定就照这个主意行事。

第二天吃早饭的时候，格里高力·伊凡诺维奇问女儿，是不是还想躲开别列斯托夫父子。"爸爸，"丽莎回答说，"如果您一定要我见他们，我就见见他们，不过有一个条件：不管我怎样出来见他们，不管我怎样办，您都不要骂我，也不要露出任何一点惊讶或不满意的样子。""你又要淘什么气了！"格里高力·伊凡诺维奇笑着说，"好吧，好吧，我同意，你想怎样就怎样吧，我的黑眼睛淘气鬼。"他说着，吻了吻她的脑门儿，丽莎就跑去做准备了。

下午两点整，一辆六匹马拉的自制四轮马车进了院子，来到碧绿的草坪旁边。别列斯托夫老头子在穆罗姆斯基两个穿制服的仆人搀扶下上了台阶。他的儿子也骑马跟他一起来到，跟他一起走进餐厅，里面已摆好了餐桌。穆罗姆斯基无比亲切地迎接客人，奉劝客人在吃饭之前先去看看他的花园和动物园，于是就领着客人顺着打扫得干干净净并且铺了沙子的小路走去。别列斯托夫老头子看到在这种无益的事儿上花费这么多精力和时间，在心中感到惋惜，然而出于礼貌，没有作声。他的儿子既不跟这位精打细算的地主一样感到不满，也不赞赏很爱面子的英国迷的洋洋得意；他急不可耐地等待着主人的女儿露面，有关她的事儿他已经听说过很多，而且，虽然正如我们都知道的，他的心已经另有所属，但是一个妙龄美女总是使他神往的。

他们回到客厅里，坐了下来：两位老人家回想起以往的岁月和军旅中的趣事，阿列克赛却思索着，在丽莎出场时，他该扮演什么样的角色。他认定，不论在什么情况下，冷漠的漫不经心态度都是最合适的，所以他准备就这样办。门开了，他转过头去，那种淡漠和漫不经心的神气简直到了不屑一顾的程度，就连情场老手见了也一定会不寒而栗。可是进来的不是丽莎，是搽了粉、束起腰的老小姐杰克逊走进来，垂着眼睛，微微行了一个屈膝礼，阿列克赛漂亮的军人姿势就白费了。不等他再一次提起精神，门又开了，这一次进来的是丽莎了。大家都站起身来；父亲正要介绍客人，却突然愣住了，并且连忙咬住嘴唇……丽莎，他的黑黑的丽莎，脸上搽了厚厚的一层白粉，一直搽到耳朵；眉毛画得比杰克逊小姐还浓；假发比她本来的头发还淡得多，蓬松鬈曲，像路易十四的假发；泡泡袖撑得高高的，像蓬帕杜夫人①的筒裙；腰束得细细的，整个身躯像英文字母"X"；还没有送进当铺的她母亲那些钻石全在她的手指上、脖子上和耳朵上闪闪放光。阿列克赛认不出这位可笑的珠光宝气的小姐就是他的阿

---

① 蓬帕杜夫人，法王路易十五的情妇。

库莉娜。他的父亲走过去吻她的玉手，他也无可奈何地跟着走过去；当他吻到她那白白的纤指时，他觉得那纤指在微微颤抖。这时他注意到她故意伸出来的一只穿得非常花哨的纤足。这使他觉得她其余的打扮倒是比较容易忍受了。至于她搽粉和画眉，说实话，由于他心地单纯，一开始就没有注意的，后来也没有怀疑。格里高力·伊凡诺维奇想起自己答应过的话，尽量不露出惊讶的样子，但他觉得女儿玩的花样儿实在滑稽可笑，他好不容易没有笑出来。古板的英国小姐却没有心思笑。她猜想，香粉和眉黛是从她的柜子里偷来的，气得一张脸透过厚厚的一层香粉泛出紫红色。她一再向年轻的淘气鬼投去恼人的目光，淘气鬼准备另找时间向她好好解释，就装作什么也没有看见。

大家入了席。阿列克赛继续扮演漫不经心和沉思默想的角色。丽莎装模作样，说话小声小气，拉长声调，而且光说法语。父亲不时地看看她，不明白她的用意，但觉得这一切非常好笑。英国小姐在生气，一言不发。只有伊凡·彼得罗维奇一切如常；大口吃菜，大杯饮酒，谈笑风生，而且谈笑也越来越亲热了。

终于大家起身离座，客人走了，格里高力·伊凡诺维奇这才放声笑起来，问起来。"你怎么想起来要捉弄他们？"他问丽莎，"可是你知道吗？你搽了粉倒是很好看的。我不懂女人打扮的奥秘，不过，我要是你，我就搽粉；当然，不能搽得太多，微微薄一点儿。"丽莎因为自己玩的花样儿很成功，十分得意。她拥抱了父亲，答应考虑他的主意，就跑去给一肚子恼火的杰克逊小姐消消气。杰克逊小姐好不容易才给她把门开了，听她的解释。丽莎说，她不好意思就这样黑黑的出来见生人，又不敢向她要……她相信，善良而可亲的杰克逊小姐会原谅她的……杰克逊小姐相信丽莎不是存心拿她开玩笑，就消了气，吻了吻丽莎，还送给她一小盒英国香粉，以示和解，丽莎就表示衷心感谢，把香粉收下了。

读者一定猜到，第二天一早丽莎就急忙到树林里去赴约会。"少爷，你昨天到我们老爷家去过吗？"她立即对阿列克赛说，"你觉得小姐怎么样？"阿列克赛回答说，他没有留意她。"真可惜呀！"丽莎不以为然地说。"为什么可惜？"阿列克赛问道。"因为我想问问你，大家说的是不是真的……""大家说的是什么？""大家都说我很像小姐，是真的吗？""胡扯到哪里去了！她这个丑八怪，怎么能跟你比呀？""哎呀，少爷，你说这话可是罪过；我们的小姐又白，打扮得又那样漂亮！我哪儿能跟她比呀？"阿列克赛对她赌咒发誓，说不论多么白的小姐，都没有她长得好看，而且为了让她完全放心，他描述起小姐的外貌，说得极其可笑，丽莎听了忍不住哈哈大笑。"不过话说回来，"她叹着气说，"小姐也许很可笑，可是我跟她相比，总是一个不识字的傻丫头呀。""哎呀！"阿列克赛说，"这有什么好伤心的！你要是愿意，我马上就可以教你识字。""这倒是真话，"丽莎说，"咱们是不是真的试试看？""好，亲爱的，现在就开始也行。"他们坐了下来。阿列克赛从口袋里掏出铅笔和笔记本，阿库莉娜学字母快得出奇。阿列克赛对她的理解力不能不惊讶。第二天早晨她就想试试写字；起初铅笔不听她使唤，可是过了几分钟，描画起字母已经很像样了。"真稀奇呀！"阿列克赛说，"咱们的教学法比兰开斯特教学法①还有效哩。"果然，第三次上课时，阿库莉娜已经能一个音节一个音节地念卡拉姆津的小说《贵族女儿娜塔丽雅》了，而且不时停下来说说自己的看法，使阿列克赛听了直咂舌头；她还从这部小说中摘出一些警句，把一张纸涂写得满满的。

一个礼拜之后，他们就通起信来。邮局就设在一棵老橡树的窟窿里。娜斯佳暗中充当邮差。阿列克赛用大字写好信送到那里，就在那里拿到他的恋人歪歪扭扭地写在普通蓝色纸上的信。阿库莉娜显然已经写惯了，拼写大有长进，她的智力明显地在发展和成长。

与此同时，伊凡·彼得罗维奇·别列斯托夫和格里高力·伊凡诺维奇·穆罗姆斯基结识之后，越来越亲密，很快就成为朋友。这是因为：穆罗姆斯基常常想到，伊凡·彼得罗维奇一死，他的全部家产必然传给他的儿子阿列克赛，阿列克赛就成了本省的大富豪之一，他没有任何理由不娶丽莎

---

① 兰开斯特（1778—1838），英国教育家。他主张采用能者为师，互教互学的方法。这种方法当时一度十分流行。

为妻。在别列斯托夫老头子这方面，虽然认为穆罗姆斯基有点儿古怪（或者，用他的说法，有点儿英国人的傻劲儿），但无法否认他也有很多过人之处，比如：非常善于钻营；他是普隆斯基伯爵的近亲，那是一个有势力的显赫人物，可能会对阿列克赛很有好处，而穆罗姆斯基也一定很高兴（别列斯托夫老头子这样想）在有便宜可占的情形下把女儿嫁出去。两位老人家在此之前只是各自在心中盘算着这件事，后来终于彼此说出来，两人互相拥抱，说定逐步促成此事，并且各自着手去进行。穆罗姆斯基感到为难的是：他必须劝说他的蓓西去和阿列克赛接近，自从那次难忘的午餐之后，她还没有见过他呢。似乎他们彼此都不怎么喜欢；至少阿列克赛再也没有到普里鲁契诺来过，别列斯托夫老头子每次来访，丽莎都要躲进自己房里去。但是，穆罗姆斯基心想，只要阿列克赛天天到家里来，蓓西一定会爱上他的。这是顺理成章的事。时间长了，就行了。

　　别列斯托夫老头子倒不怎样担心自己心想的事儿是否能成。当天晚上，他就把儿子叫到自己房里；他抽起烟斗，沉默了一会儿，就开口说："阿廖沙①，你怎么很久不提到军队里去的事啦？是不是你已经不再迷恋骠骑兵制服了？……""不是的，爹，"阿列克赛恭恭敬敬地回答说，"我看出来，你不乐意我去当骠骑兵；我理应听从您的心意。""好呀，"伊凡·彼得罗维奇回答说，"我知道，你是一个听话的孩子，这使我很放心；我也不想逼迫你，不想勉强你……马上就……去担任文职；我是想先给你娶亲。"

"要我娶谁呀，爹？"阿列克赛惊愕地问。

"娶穆罗姆斯基家的小姐丽莎，"伊凡·彼得罗维奇回答说，"这样的媳妇可是天下难找呀，不是吗？"

"爹，我还不想娶亲呢。"

"你不想，我可是替你想过，而且反复想过了。"

"随您怎样，我可是一点也不喜欢穆罗姆斯基家的丽莎。"

"以后你会喜欢的。相处惯了，就会相爱了。"

"我觉得我不会使她幸福的。"

---

① 阿廖沙，阿列克赛的小名。

"你不必操心她的幸福。怎么？你就是这样听父亲话的吗？好哇！"

"随您怎样，我不想娶亲，也不会娶亲。"

"你一定要娶亲，要不然我不再认你，家产动也别想动！我要卖光，花光，分文也不留给你！我给你三天时间考虑，考虑不好别来见我。"

阿列克赛知道，父亲一旦想到什么主意，那就像塔拉斯·斯科季宁①所说的，用刀子挖也挖不掉；可是阿列克赛也跟父亲一样，谁也拗不过他。他回到自己房里，思索起父亲能做到什么，想到丽莎小姐，想到父亲要让他成为穷光蛋的气势汹汹的一番话，最后想到阿库莉娜。他第一次清楚地看出来，他太爱她了；他的头脑里突然闪出一个带浪漫色彩的念头：娶她为妻，靠自己劳动过日子。他越思索，越认为采取这种断然行动有道理。最近由于阴雨连绵，他们已经有些日子没在树林里见面了。他用清楚的笔迹和火热的语言给

---

① 塔拉斯·斯科季宁，《纨绔少年》中的人物。

阿库莉娜写了一封信，告诉她，他们已面临绝境，并且向她求婚。他立即把信送往邮局，也就是树窟窿，然后他非常满意地躺下睡了。

第二天，阿列克赛抱定原来的主意，一大早就去找穆罗姆斯基，要开诚布公地跟他好好谈一谈。他希望取得他的谅解，让他站到自己这方面。"格里高力·伊凡诺维奇在家吗？"他在普里鲁契诺村地主家门前勒住马，问道。"不在家，"仆人回答说，"格里高力·伊凡诺维奇一大早就出门了。""真不巧呀！"阿列克赛心想。"那么，丽莎小姐在家吧？""小姐在家，少爷。"于是阿列克赛跳下马，把缰绳交给仆人，不经通报就径直往里走。

"一切都可以解决了，"他一面想着，朝客厅走去，"我要当面和她说清楚。"他走进去……顿时愣住了！丽莎……不，是阿库莉娜，可爱的黑黑的阿库莉娜，不是穿粗布褂，而是穿着白色晨衣，坐在窗前看他的信。她神情是那样专注，竟没有听见他进来。阿列克赛不禁高兴地惊叫起来。丽莎浑身打了个哆嗦，抬起头来，哎呀了一声，就想跑掉。他扑过去把她拦住。"阿库莉娜呀，阿库莉娜！……"丽莎拼命想挣脱他……"放开我，少爷；您是疯了吗？"① 她使劲挣扎着，一遍又一遍地说。"阿库莉娜，我的好人儿，阿库莉娜！"他一遍又一遍地说，一面吻她的手。杰克逊小姐看着这个场面，不知道怎样才好。这时候门开了，格里高力·伊凡诺维奇走了进来。

"啊哈！"格里高力·伊凡诺维奇说，"看起来，你们的事情已经谈定啦……"

读者一定会原谅我不再浪费笔墨来描写故事的结局了。

伊·彼·别尔金小说集到此为止。

---

① 原文为法文。

图书在版编目（CIP）数据

别尔金小说集 / （俄罗斯）普希金著；力冈译 . -- 北京：作家出版社，2023.10

ISBN 978-7-5212-2593-8

Ⅰ.①别… Ⅱ.①普…②力… Ⅲ.①短篇小说—小说集—俄罗斯—近代 Ⅳ.① I512.44

中国国家版本馆 CIP 数据核字（2023）第 215542 号

别尔金小说集

作　　者：[俄] 普希金
译　　者：力　冈
责任编辑：田一秀
装帧设计：棱角视觉
出版发行：作家出版社有限公司
社　　址：北京农展馆南里 10 号　　　邮　　编：100125
电话传真：86-10-65067186（发行中心及邮购部）
　　　　　86-10-65004079（总编室）
E-mail:zuojia @ zuojia.net.cn
http://www.zuojiachubanshe.com
印　　刷：三河市北燕印装有限公司
成品尺寸：128×175
字　　数：55 千
印　　张：4
版　　次：2023 年 10 月第 1 版
印　　次：2023 年 10 月第 1 次印刷
ISBN 978-7-5212-2593-8
定　　价：48.00 元